Marc Beck

Tatort Ungelöst

Der unheimliche Schlossherr

gondolino

ISBN 978-3-8112-3234-1

Autor: Marc Beck
Umschlagillustration: Ralf Butschkow
Innenillustrationen: Norbert Zlöbl
Printed in Poland – 027
5 4 3 2 1

Der Umwelt zuliebe gedruckt auf chlorfrei gebleichtem Papier.

www.gondolino.de

Inhalt

Ein Wochenende im Schloss

„Das ist ja so unglaublich cool“, flüsterte Franziska und sprach das aus, was auch die anderen drei Kinder dachten, die sich erst vor ein paar Minuten kennengelernt hatten.

Die Elfjährigen Max und Mareike sowie die Zehnjährigen Franziska und Björn hatten vor zwei Wochen jeweils die Nachricht erhalten, dass sie bei einem Preisausschreiben den Hauptpreis gewonnen hatten: ein aufregendes Wochenende in einem alten Schloss. In dem Brief war ihnen zudem erklärt worden, dass während ihres Aufenthalts spannende Dinge passieren und große Überraschungen auf sie warten würden. Ihre Eltern hatten sie zu dem Schloss gebracht, wo ein Pförtner sie an einem eisernen Tor empfangen hatte. Dort waren sich die Kinder zum ersten Mal begegnet und hatten sich von ihren Eltern verabschiedet. Der Pförtner hatte sie mit einem Auto zum Haupteingang des Schlosses gefahren und ihnen viel Spaß gewünscht.

Nun standen sie hier in der Dämmerung und betrachteten staunend das große Gebäude.

„Das wird ein Abenteuer“, murmelte Max.

„Wie alt ist wohl das Schloss?“, fragte Mareike neugierig.

„Mindestens dreihundert Jahre“, vermutete Björn.

In diesem Moment öffnete sich mit einem knarrenden Geräusch der Eingang. Die beiden schweren Holztore schwangen wie von

Geisterhand geöffnet nach innen auf. Unsicher sahen sich die Kinder an.

„Wahrscheinlich ist das die Aufforderung zum Eintreten“, sagte Björn.

„Und wer hat das Tor geöffnet?“, wisperte Franziska.

„Bestimmt gehört das schon zu unserem Abenteuer“, meinte Mareike und machte einige Schritte nach vorn. Die Jungen folgten ihr, nur Franziska zögerte einige Sekunden. Aber weil sie nicht für feige gehalten werden wollte, kam sie rasch hinterher.

Der Boden des Schlosses war mit dunklem Parkett ausgelegt. Ein roter Teppich lag darauf und wies ihnen den Weg ins Innere. Die Kinder entdeckten alte Rüstungen und Gemälde, Halterungen mit brennenden Fackeln und eine an der Wand hängende Streitaxt. Eine steinerne Treppe führte nach oben.

„Herzlich willkommen“, sagte plötzlich eine Stimme links von ihnen. Alle vier Kinder schrien vor Schreck auf und wandten sich um. Neben dem Eingang stand ein Butler mit wirrem grauem Haar, das ihm bis über die Augenbrauen hing. Er hatte eine seltsame gelbe Gesichtsfarbe, trug einen einfachen schwarzen Anzug und ein weißes Hemd.

„Bevor die Herrschaften Ihre Gastgeber treffen, führe ich Sie zu Ihrem Zimmer“, sagte er.

Ohne weitere Erklärungen schritt der Butler auf die Treppe zu. Die Kinder schauten sich fragend an. Björn zuckte mit den Schultern und sie gingen dem Mann nach.

Aus welchem Grund befinden sich die Kinder in dem Schloss?

Der Butler führte sie in einen riesigen Raum, in dem vier Betten und vier Schränke standen.

„Wenn sich die Herrschaften eingerichtet haben, gehen Sie bitte die Treppe hinab und wenden sich nach links. Dort warten Ihre Gastgeber“, sagte er, neigte den Kopf und ging ohne ein weiteres Wort hinaus. Dabei schloss er die Tür hinter sich.

„Gut, dass wir alle zusammen ein Zimmer haben“, stellte Franziska fest und begann ihre Sachen auszupacken. „Allein würde ich mich gruseln.“ Björn und Max nickten eifrig. Nur Mareike schien das nicht wichtig zu sein.

Kaum hatten sie ihre Kleidung in den Schränken verstaut, machten sie sich auf den Weg nach unten. Aus einem Raum links von ihnen drangen Stimmen. Mareike ging voran und betrat einen Saal, der mindestens doppelt so groß war wie ihr Schlafraum. In der Mitte stand ein runder Tisch, an dem fünf Personen saßen: drei Männer und zwei Frauen. Auf dem Tisch standen neun Weingläser, die mit einer dunkelroten Flüssigkeit gefüllt waren, drei Obstschalen mit Bananen, Weintrauben und Äpfeln, neun Teller und ein alter lederner Koffer.

Einer der Männer erhob sich und lächelte den Kindern zu.

„Willkommen!“, begrüßte er sie. „Endlich seid ihr hier. Das Abenteuer kann beginnen.“ Er kam auf sie zu und schüttelte jedem von ihnen die Hand. Der Mann trug einen dunkelblauen Anzug, ein hellblaues Hemd und eine rote Krawatte. Seine Haare waren kurz geschnitten und hellblond. Björn bemerkte einen kleinen gelben Fleck auf dem rechten Anzugärmel.

„Ich heiße Philip", sagte der Mann. Dann wandte er sich dem Tisch zu. „Eure übrigen Gastgeber sind Mathilde, Sofia, Rudolf und Hermann." Die Angesprochenen nickten kurz und lächelten ihnen zu. Nur Rudolf verzog keine Miene.

Philip führte die Kinder zu ihren Plätzen.

„Zunächst einmal möchte ich euch beglückwünschen", fuhr Philip fort, als alle sich hingesetzt hatten. „Ihr habt bei einem schwierigen Preisausschreiben die richtigen Antworten gewusst. Und ihr hattet das Glück, als Gewinner gezogen zu werden. Aber falls ihr glaubt, dieses Wochenende wäre der Hauptgewinn, so irrt ihr euch."

Aufgeregt verfolgten die Kinder Philips Worte. Dabei fiel Björn auf, dass Philips linkes Auge gelegentlich zuckte. Als wollte er ihnen zuzwinkern.

„Der eigentliche Hauptgewinn befindet sich hier drin.“ Philip deutete auf den ledernen Koffer. „Wer an diesem Wochenende ein von uns gestelltes Rätsel löst, wird den Koffer samt Inhalt gewinnen.“

Sofia öffnete ihn. Darin lagen eine Menge Geldscheine. Die Kinder waren völlig überrascht. Damit hatten sie nicht gerechnet.

„Ihr bekommt zehntausend Euro, wenn ihr unser Rätsel löst“, sagte Philip.

„Das ist Wahnsinn!“, wisperte Rudolf, der an dem runden Tisch gegenüber von Philip saß. „So viel Geld für ein paar Kinder!“

„Das haben wir bereits besprochen!“, zischte ihm Hermann zu.

„In der Tat“, sagte Philip.

Bevor er weiterreden konnte, ging plötzlich das Licht aus. Weil es draußen inzwischen dunkel war und in diesem Saal keine Fackeln brannten, wurde es schlagartig stockfinster. Franziska schrie erschrocken auf, ein Klirren ertönte, dann sprang das Licht wieder an. Björns Blick fiel auf Sofias Platz. Ihr Weinglas war umgefallen, aber nicht zerbrochen. Die rote Flüssigkeit hatte sich nach links ausgebreitet.

„Ich habe mich so erschrocken, dass ich aus Versehen gegen das Glas gestoßen bin“, entschuldigte sich Sofia. Sie machte mit ihrer rechten Hand eine Bewegung und zeigte, wie sie mit dem Handrücken gegen das Glas gekommen war. Max wurde bei dieser Erklärung allerdings misstrauisch.

Weißt du, weshalb Max misstrauisch wird?

„Das macht doch nichts“, sagte Philip. Mit seiner Serviette wischte er die Flüssigkeit weg. Anschließend griff er nach der hinter ihm auf einer Kommode stehenden Flasche und goss Sofia noch einmal ein. „Bei dem Getränk handelt es sich übrigens um Traubensaft, nicht um Rotwein. Ich war der Meinung, wir sollten alle das Gleiche trinken.“ Er stellte die Flasche zurück und erhob sein Glas. „Trinken wir auf unsere jungen Gäste, auf ihre einmalige Chance und ein hoffentlich spannendes und nicht zu gruseliges Wochenende.“

Verwundert schauten sich die Kinder an. Von einem gruseligen Wochenende war bisher keine Rede gewesen. Ehe sie sich darüber weitere Gedanken machen konnten, hatten die anderen Erwachsenen bereits ihre Gläser ergriffen und „Zum Wohlsein“ gemurmelt. Die Kinder folgten ihrem Beispiel. Sie tranken und hörten im nächsten Moment ein seltsames Geräusch. Alle wandten ihre Aufmerksamkeit Philip zu, von dem das Geräusch kam. Er ließ das Glas fallen, das in tausend Scherben zerbrach. Franziska schrie auf. Im selben Augenblick sackte Philip zusammen. Er stürzte zu Boden und blieb regungslos liegen. Nun schrie auch Mathilde und steckte die anderen drei Kinder an. Als sei dies noch nicht schlimm genug, erlosch das Licht zum zweiten Mal. Stühle wurden über den Boden geschoben, Schritte erklangen und entfernten sich aus dem Saal. Mathilde schluchzte: „Ich spüre keinen Puls.“

„Ist er tot?“, fragte Max wispernd. Befanden sie sich etwa mit einem Toten in diesem Saal? Er spürte eine Hand auf seiner eigenen. Da ging das Licht wieder an. Mathilde hockte neben Philip am Boden, Franziska hatte sich an Max' Seite gedrängt und ängstlich nach seiner Hand gegriffen.

„Ja", stieß Mathilde entsetzt hervor. „Er ist tot."

„Wo sind die anderen hin?", erkundigte sich Björn.

Außer Mathilde und dem reglosen Philip befand sich kein Erwachsener mehr im Saal.

„Ich weiß es nicht", erwiderte Mathilde. Sie erhob sich vom Boden. „Euer Schlafzimmer ist doch abschließbar, oder?" Ohne eine Antwort abzuwarten, fuhr sie fort. „Lasst uns dorthin gehen. Mir kommt es nicht geheuer vor, dass die anderen verschwunden sind."

Gemeinsam mit den Kindern verließ Mathilde den Saal. Dabei drehte sich Björn noch einmal um und musterte den Tisch. Bis auf das heruntergefallene standen alle Gläser an ihrem Platz, ebenso die Teller und die Obstschalen. Aber etwas fehlte.

Was fehlt auf dem Tisch?

Mathilde versperrte die Tür des Schlafraums mit dem Schlüssel, der von innen im Schloss steckte. Zusätzlich stellte sie einen Stuhl unter die Klinke.

Dann lief sie unruhig im Zimmer auf und ab. „Was sollen wir jetzt bloß tun?“

„Wir müssen die Polizei alarmieren!“, rief Franziska.

„Und einen Notarzt!“, fügte Mareike aufgeregt hinzu.

„Das Schloss verfügt über keinen Telefonanschluss“, erklärte Mathilde. „Außerdem kann ein Arzt Philip nicht mehr helfen.“

Björn, Franziska und Mareike griffen nach ihren Handys, die sie in ihren Hosentaschen bei sich trugen.

„Ich hab kein Netz“, sagte Mareike.

„Ich auch nicht“, bestätigte Franziska.

„Ich auch nicht“, brummte Max.

„Also sind wir von der Außenwelt abgeschnitten und hier im Schloss befindet sich ein Mörder“, fasste Björn ihre Situation zusammen.

Mathilde atmete tief ein. „Ich glaube, wir haben nur eine Möglichkeit, heil aus der Sache zu kommen. Wir finden heraus, wer der Mörder ist.“

„Und wer den Koffer gestohlen hat“, warf Björn ein.

Die anderen sahen ihn überrascht an. Ihnen war nicht aufgefallen, dass der Koffer verschwunden war. Björn berichtete ihnen von seiner Entdeckung.

„Bist du dir absolut sicher?“, fragte Mathilde.

Björn nickte.

„Ich weiß, wer den Koffer gestohlen hat“, sagte Max.

„Das kann nur dieser Rudolf gewesen sein."

„Natürlich!", stimmten ihm Franziska und Mareike zu.

„Und er hat bestimmt auch Philip getötet", folgerte Björn.

„Ist er vergiftet worden?", erkundigte sich Mareike und sah Mathilde fragend an.

„Anders kann ich mir seinen plötzlichen Tod nicht erklären", erwiderte sie.

„Das Gift muss in seinem Getränk gewesen sein", überlegte Mareike laut. „Und weil wir das Gleiche getrunken haben, kann es erst nachträglich in sein Glas gegeben worden sein. Sonst wären wir jetzt alle tot."

„Bestimmt hat der Mörder das Gift in den Saft geschüttet, als das Licht zum ersten Mal ausgefallen ist!", vermutete Max.

„Dann können wir Rudolf als Mörder ausschließen!", entgegnete Mareike.

„Wieso denn das?“, fragte Björn. Auch Max sah Mareike verwirrt an.

Doch Franziska nickte. „Mareike hat recht. Rudolf hat vielleicht den Koffer gestohlen, aber er ist nicht Philips Mörder.“

Wieso kann Rudolf als Mörder ausgeschlossen werden?

„Und falls er im Dunkeln aufgestanden ist?", warf Björn ein.

„Das hätten wir gehört", sagte Franziska.

„Außerdem konnte er im Dunkeln nichts sehen", ergänzte Mareike.

Max kratzte sich nachdenklich an der Stirn. „Ihr habt recht. Beim ersten Mal war das Licht wirklich nur kurz aus. Selbst wenn er etwas hätte erkennen können, hätte die Zeit nicht ausgereicht, um leise aufzustehen, zu Philips Platz zu gehen, ihm Gift ins Glas zu geben und sich wieder zu seinem Stuhl zurückzuschleichen."

Nun glaubte auch Björn nicht mehr daran, dass Rudolf der Mörder war. Er griff zu einem Notizblock, den er neben seinem Bett liegen hatte, und zeichnete einen runden Tisch. „Philip saß hier", murmelte er. „Daneben

Mareike, Sofia, ich, Rudolf, Franziska, Mathilde, Max und rechts von Philip Hermann. Ihn muss jemand vergiftet haben, der einen Platz in seiner Nähe hatte. Damit kommen lediglich Mareike und Hermann in Frage."

Mareike blickte Björn entrüstet an. „Spinnst du?"

„Bleibt wohl nur Hermann übrig", fuhr Björn grinsend fort.

Doch Max widersprach ihm. „Der Tisch war relativ klein und wir saßen daran recht dicht nebeneinander. Daher hätte ihm Sofia bestimmt ebenfalls etwas ins Getränk geben können."

Mareike schlug sich mit der flachen Hand gegen die Stirn. „Wir sind ja so dumm! Erinnert ihr euch denn gar nicht mehr? Sofia ist doch ein Weinglas umgefallen als es dunkel geworden war."

„Natürlich!“, stimmten die anderen Kinder ein. „Wahrscheinlich hat sie es aus Versehen umgestoßen, nachdem sie das Gift in Philips Glas gegeben hatte.“

„Ihr seid wirklich clever“, lobte Mathilde die Kinder. „Habt ihr eventuell auch schon eine Erklärung gefunden, warum zweimal das Licht ausgefallen ist?“

Die Kinder sahen sie fragend an. Daran hatten sie gar nicht gedacht.

„Ich fürchte, es führt kein Weg daran vorbei, noch einmal in den Saal zu gehen, um uns dort umzuschauen“, schlug Mathilde vor. „Dann können wir zudem überprüfen, ob Sofia tatsächlich Philips Glas hätte erreichen können.“

„Aber da unten liegt eine Leiche“, flüsterte Franziska entsetzt.

Eine Weile schwiegen alle. Die Kinder fürchteten sich vor dem Anblick, der sie unten erwartete. Doch ihnen blieb nichts anderes übrig. Sie würden den Mörder niemals überführen können, wenn sie den Saal nicht mehr betraten. Angeführt von Mathilde machten sie sich mutig auf den Weg nach unten. Kaum hatte Mathilde die Tür des Saals geöffnet und einen Blick hineingeworfen, blieb sie wie vom Donner gerührt stehen. „Er ist verschwunden!"

Max ging an ihr vorbei und betrat den Saal. Von Philips Leiche fehlte jede Spur. „Tatsächlich!", bestätigte er.

Nun folgten ihm auch die anderen Kinder und sahen sich um.

Mathilde ging zum Tisch und setzte sich an Sofias Platz. „Seht mal her", rief sie und streckte ihren Arm aus. Ohne Probleme reichte sie bis über den Teller, der vor Philip gestanden hatte.

„Also war es Sofia“, folgerte Mareike.

„Wir sollten Hermann aber doch noch nicht völlig als Täter ausschließen“, meinte Björn.

Max sah sich weiter um. „Ich kann keinen Lichtschalter entdecken.“

Mathilde seufzte resigniert. „Scheinbar folgt auf jede Antwort eine neue Frage.“ Sie lehnte sich zurück und strich mit den Händen über die Oberschenkel. „Wir brauchen wirklich die Hilfe der Polizei. Sobald die Nacht vorüber ist, werden wir gemein …“ Mitten im Satz hielt sie inne. „Was ist das?“ Sie schob ihren Stuhl nach hinten und hockte sich auf den Boden. Ihr Blick war von unten auf die Tischplatte gerichtet. „Das gibt’s doch nicht! Warum ist mir das vorher nicht aufgefallen?“

„Was haben Sie gefunden?“, erkundigte sich Björn aufgeregt.

„Ich werde es euch vorführen“, antwortete Mathilde. Dramatisch zählte sie laut.
„Drei, zwei, eins. Jetzt!“

Genau in dieser Sekunde ging das Licht aus.

Was hat Mathilde gefunden?

Max lachte. „Damit ist Sofias Schuld bewiesen! Wir haben die Mörderin überführt."

Das Licht sprang wieder an.

„Kann ich Ihnen behilflich sein?", erklang völlig unerwartet die Stimme des Butlers.

Erschrocken fuhren die Kinder herum. Völlig geräuschlos hatte der Butler den Saal betreten. Franziska, die ihm am nächsten stand, wich einige Schritte zurück. Sie fand das plötzliche Auftauchen des Butlers unheimlich.

„Haben Sie die Leiche weggeschafft?", fragte Mathilde.

Der Butler nickte. „Ich habe den Toten in das kühle Kellergewölbe gebracht, damit die Polizei morgen früh seinen Körper im bestmöglichen Zustand vorfindet."

Mareike fiel zum ersten Mal auf, dass die Stimme des Butlers seltsam klang. Als würde er mit verstellter Stimme sprechen.

„Das haben Sie gut gemacht“, sagte Mathilde. „Aber im Moment benötigen wir Ihre Hilfe nicht.“

Der Butler deutete eine Verbeugung an und drehte sich um.

„Haben Sie Sofia gesehen? Oder Rudolf und Hermann?“, rief ihm Max hinterher.

Der Butler blieb stehen, wandte sich jedoch nicht um. „Seitdem ich die Leiche weggebracht habe, sind Sie die ersten Personen, die mir begegnet sind.“ Mit diesen Worten verließ er den Saal.

„Wir sollten nicht zu voreilig sein, was Sofia anbelangt. Jeder andere hätte das Licht auch ausschalten können“, sagte Mathilde.

Überrascht hockten sich Max und Björn zu ihr auf den Boden. „Unglaublich!“, entfuhr es Björn. „An jedem Platz, an dem ein Erwachsener saß, befindet sich ein Schalter.“

Max probierte zwei Lichtschalter aus. In beiden Fällen wurde es kurz dunkel. „Auf jede Antwort eine neue Frage“, wiederholte er Mathildes Worte. Dabei klang er fast so niedergeschlagen wie sie.

Nachdem sie eine Zeit lang nachgedacht hatten, machte Mathilde den Vorschlag, sich in den Zimmern der Erwachsenen umzusehen. „Vielleicht finden wir ja dort einen Hinweis. Am besten fangen wir bei Philip an. Ich glaube nicht, dass wir dort dem Mörder über den Weg laufen.“

Da die Kinder keine andere Idee hatten, folgten sie Mathilde mit einem mulmigen Gefühl.

Philips Schlafraum befand sich im gleichen Gang, in dem auch die Kinder ihr Zimmer hatten. Mathilde drückte die Tür auf, die sich quietschend öffnete. Sie warf einen Blick hinein. „Niemand drin“, sagte sie schließlich. „Aber wir sind nicht die Ersten, die den Einfall hatten, sein Zimmer zu durchsuchen.“

Neugierig betraten die Kinder den Raum. Das Bett war durchwühlt und das Laken von der Matratze gerissen. Die Schranktür stand einen Spaltbreit offen. Davor lag ein Teil von Philips Kleidung. Seine Reisetasche war umgeworfen und das Innere aufgeschlitzt worden. Franziska zeigte auf die Tasche. „Bestimmt wollte jemand herausfinden, ob sie einen doppelten Boden hat.“

Björn nickte. Dann sah er sich weiter um. Als ihm die geschlossene Schranktür auffiel, begann sein Herz wie wild zu schlagen. Er drängte sich an Mathildes Seite. „Wir sind nicht allein“, flüsterte er ihr ins Ohr.

Wie kommt Björn darauf?

Mathilde stellte sich vor den Schrank und riss die Tür auf. Im Inneren hockte Rudolf zwischen einigen Anzügen. Niedergeschlagen schaute er zu ihnen hoch.

„Was machen Sie hier?“, fragte Björn wütend. „Haben Sie noch nicht genug Geld erbeutet?“

Rudolf kletterte aus dem Schrank. „Wenn du wüsstest!“, sagte er grimmig. „In dem Koffer war überhaupt nicht viel Geld!“

„Was soll das bedeuten?“, erkundigte sich Mareike. „Wir haben den Koffer alle gesehen. Darin waren lauter Geldscheine. Zehntausend Euro, hat Philip gesagt.“

Rudolf lachte spöttisch. „Es waren gerade mal vierhundert Euro. Der Rest war aufgefüllt mit zurechtgeschnittenen Zeitungsschnipseln. Ich kann es euch beweisen. Der Koffer liegt auf meinem Bett.“

„Und deswegen waren Sie hier, um nach dem restlichen Geld zu suchen?“, wollte Max wissen.

„Genau. Falls es sich überhaupt im Schloss befindet. Wer weiß, ob der Mörder nicht schon längst damit verschwunden ist.“

Da der Schrank nun komplett offen stand, konnten ihn die Kinder genauer untersuchen.

Auf der linken Seite hingen einige Anzüge, Hemden und Hosen auf Kleiderbügeln. Rechts in den Schrankfächern waren neben Unterwäsche und Pullovern zwei auffällige Gegenstände untergebracht: ein weißer Plastikkopf und ein Schminktopf mit gelber Farbe.

Mareike zeigte auf den Plastikkopf. „Meine Mutter ist Friseurin. Ich kenne solche Köpfe aus ihrem Salon. Darauf bewahrt sie Perücken auf. Was hat der hier zu suchen?“

Björns Aufmerksamkeit fiel auf einen dunkelblauen Anzug. An seinem rechten Ärmel entdeckte er einen gelben Fleck. Die Farbe schien zu dem Schminktopf zu passen. „Ich habe diesen Anzug schon einmal gesehen“, sagte er.

Wo hat Björn den Anzug an diesem Abend gesehen?

„Bist du ganz sicher?“, erkundigte sich Rudolf.

Björn nickte. „Philip hat diesen Anzug getragen. Das weiß ich genau.“

„Seltsam“, murmelte Mathilde. „Aber es gibt eine Person, die dieses Rätsel lösen kann.“ Sie ging zur Tür. „Johann!“, rief sie laut über den Flur. „Kommen Sie bitte in Philips Zimmer.“

Franziska hätte sich nicht gewundert, wenn der Butler im nächsten Moment neben ihnen gestanden hätte, so wie er bislang immer völlig überraschend aufgetaucht war. Diesmal konnte sie jedoch genau hören, wie er sich ihnen näherte.

„Sie haben nach mir gerufen?“

Mareike fiel erneut seine seltsam klingende Stimme auf.

„Sie haben uns unten im Saal erklärt, die Leiche in das Kellergewölbe geschafft zu haben“, sagte Mathilde.

Der Butler nickte. Björn bemerkte, dass das linke Auge des Butlers zuckte. Als würde er ihm zuzwinkern.

„Haben Sie Philip davor oder danach den Anzug ausgezogen?“, stellte Mathilde gleich ihre nächste Frage.

Der Butler sah Mathilde entsetzt an. „Was für eine absonderliche Idee! Ich habe ihn überhaupt nicht ausgezogen!“ Wieder zuckte sein Augenlid. Björn erinnerte sich an etwas, doch ehe er das den anderen mitteilen konnte, mischte sich Rudolf ein. „Führen Sie uns zur Leiche!“

„Ganz wie Sie wünschen.“ Ohne ein weiteres Wort drehte der Butler sich um und verließ den Raum. Die anderen folgten ihm. Sie liefen die Treppe hinab und kamen zu einer Nische, die ihnen bisher noch gar nicht aufgefallen war. Jetzt standen sie oberhalb einiger Stufen, die in das Kellergewölbe führten. Unten brannten ein paar Fackeln.

„Gibt es im Keller kein elektrisches Licht?“, fragte Franziska mit schwacher Stimme.

„Ich bedaure“, erwiderte der Butler.

Björn legte Franziska beruhigend eine Hand auf die Schulter. „Wenn ich mich nicht sehr irre, musst du dich dort unten eigentlich nicht fürchten.“

Mareike stimmte ihm zu. „Das glaube ich langsam auch.“

„Was meint ihr damit?“, wollte Max wissen.

Bevor die beiden antworten konnten, stieg der Butler die Stufen hinab. Die Erwachsenen und die Kinder folgten ihm. Unten betraten sie einen langen Gang, an dessen Ende sie nach rechts abbogen. Sie erreichten einen kleinen Raum, der lediglich von schwachem Fackellicht erleuchtet wurde.

Wie vom Blitz getroffen blieb der Butler stehen.

„Ich habe ihn auf den Tisch gelegt!"

Mareike und Björn schoben sich an den Erwachsenen vorbei. Der Tisch war leer. Die beiden Kinder nickten zufrieden.

„Und wer soll die Leiche weggeholt und ausgezogen haben?", fragte Rudolf den Butler.

„Niemand!", antworteten Mareike und Björn wie aus der Pistole geschossen. Sie sahen sich an und grinsten.

„Jetzt wird mir einiges klar!", rief Max. „Es hat überhaupt nie eine Leiche gegeben! Das gehörte zu unserem Abenteuer!"

Was spricht alles dafür, dass die Kinder recht haben?

Das Haus gegenüber

„Los, lahme Schnecke!“, neckte der elfjährige Benjamin seine Zwillingsschwester Anja. „Du hast gegen mich eh keine Chance!“

„Meinst du?“, fragte Anja. „Und warum führe ich dann mit fünf zu vier?“

„Ich will dir nur einen kleinen Vorsprung schenken. Bist ja schließlich viel jünger als ich.“

„Die vierzehn Minuten machen überhaupt keinen Unterschied.“

Die Zwillinge spielten eine Art Völkerball. Wer den anderen abwarf, bekam zwei Punkte. Wer den Ball jedoch auffing, ohne dass er vorher den Boden berührt hatte, erhielt seinerseits einen Punkt. Anja zielte mit dem roten Plastikball auf ihren Bruder. Mit aller Kraft warf sie. Benjamin überlegte einen Moment, ob er versuchen sollte, ihn zu fangen, entschied sich in letzter Sekunde jedoch für einen Sprung zur Seite. Der Ball flog knapp an ihm vorbei und prallte gegen den blühenden Kirschbaum, der in ihrem Vorgarten stand. Einige Blüten lösten sich von den Zweigen. Der Ball rollte Richtung Straße. Benjamin lief ihm hinterher. Kurz bevor der Ball den Bürgersteig erreicht hatte, stoppte ihn Benjamin mit dem rechten Fuß. Dabei fiel sein Blick auf die Straße. Ein dunkelblaues Auto kam langsam näher. Benjamin kannte sich gut mit Automarken aus und wusste, dass der Wagen schon mindestens fünfzehn Jahre alt war. Ein solches Modell wurde seit Langem nicht mehr gebaut.

Am Steuer saß ein Mann. Auf dem Beifahrersitz direkt neben ihm konnte Benjamin eine Frau entdecken.

„Siehst du die beiden in dem Wagen? Ich glaube, die sind vorhin schon die Straße entlanggefahren“, rief Benjamin seiner Schwester zu.

Anja zuckte mit den Schultern. „Vielleicht suchen sie eine bestimmte Adresse.“

Tatsächlich schien sich das Paar sehr genau umzusehen. Das alte Gebäude auf der gegenüberliegenden Straßenseite weckte offenbar

ihr Interesse. Der Mann deutete mit seiner linken Hand darauf und seine Begleiterin nickte. Dann bemerkte die Frau Benjamin und zeigte auf ihn.

Direkt vor Benjamin hielt der Wagen an. Der Mann stellte den Motor aus, während die Frau das Fenster herunterkurbelte.

„Hallo“, begrüßte sie ihn freundlich. „Kannst du mal bitte zu uns kommen?“

Unsicher trat Benjamin zwei Schritte vor. Anja stellte sich schnell neben ihn.

„Wir sind auf der Suche nach einem Haus, das zum Kauf angeboten wird“, erklärte die Frau. „Wisst ihr, ob das Gebäude da verkauft werden soll?“

„Keine Ahnung“, antwortete Benjamin.

„Wie lange wohnt denn dort niemand mehr?“, erkundigte sich der Mann.

„Über drei Jahre“, erwiderte Anja.

Aus dem Nebengebäude trat ein Mann und blickte zu ihnen herüber.

Die Frau lächelte den Zwillingen noch einmal zu. „Danke für eure Auskunft. Vielleicht sind wir ja bald Nachbarn.“ Der Mann drehte den Zündschlüssel um. Der Motor gab ein jaulendes Geräusch von sich, sprang jedoch nicht an. Erst beim dritten Versuch klappte es. Die Frau winkte und der Wagen fuhr davon.

Jetzt kam Herr Schmidt, der neben dem leer stehenden Gebäude wohnte, auf die beiden Kinder zu. „Wer war das?“, fragte er neugierig.

Benjamin erzählte ihm, was das Paar gewollt hatte.

„Komisch“, murmelte Herr Schmidt. „Ich bin mir sicher, das Auto bereits gestern hier bemerkt zu haben. Die Insassen haben mich sehr seltsam angesehen, als ich aus dem leeren Haus gekommen bin, nachdem ich dort alles kontrolliert hatte.“

Welche Farbe hatte der Wagen?

„Du musst den Rollladen ganz leise hochziehen“, wisperte Anja ein paar Stunden später ihrem Bruder zu. „Sonst merken Mama und Papa etwas und wir bekommen Ärger.“

Die Zwillinge hatten in einem Artikel in der Zeitung gelesen, dass heute Nacht besonders viele Sternschnuppen am Himmel zu sehen seien. Deshalb hatten sie ihre Eltern gefragt, ob sie am Abend noch einmal in den Vorgarten gehen dürften, um sich das Schauspiel am Himmel anzusehen. Papa hatte jedoch an den Unterricht am nächsten Morgen erinnert und ihnen keine Erlaubnis gegeben. Aber so schnell gaben die Zwillinge nicht auf. Wenn sie nicht im Garten sitzen durften, wollten sie von ihrem Fenster aus den Himmel beobachten.

„Wie ist die Sicht?“, erkundigte sich Anja, die an der Tür saß und lauschte, ob sich ihre Eltern näherten.

„Nicht so gut“, sagte Benjamin enttäuscht. „Herr Schmidt hat ganz viele Lampen an. Wenigstens brennt bei den Kochs nur ein Licht.“ Familie Koch wohnte rechts neben dem leer stehenden Haus. „Ich kann fast nichts am Himmel erkennen. Wenn bloß die Straßenlaternen aus wären.“

„Was für ein Reinfall!“, meinte Anja.

Benjamin öffnete das Fenster und hielt sich die Hände wie einen Trichter vor die Augen, um das Licht abzuschirmen.

„Ich glaub, ich spinne!“, stieß er plötzlich hervor.

„Hast du eine Sternschnuppe gesehen?“, fragte Anja aufgeregt. „Du darfst mir nicht verraten, was du dir gewünscht hast!“

„Das war keine Sternschnuppe“, entgegnete Benjamin, auch wenn er sich inzwischen nicht mehr sicher war, ob er sich das Ganze nur eingebildet hatte. „Gegenüber hat für einen kurzen Moment ein Licht gebrannt. Aber jetzt ist es wieder aus.“

„Das kann nicht sein!“, sagte Anja.

In diesem Augenblick bemerkte Benjamin erneut einen Lichtschein, der nach drei Sekunden verschwand. „Da, schon wieder!“, rief er.

Anja sprang auf und rannte ans Fenster. Doch sie war zu langsam. „Drüben ist es stockfinster“, beschwerte sie sich. „Du willst mich auf den Arm nehmen.“

Ehe sich Benjamin verteidigen konnte, tauchte der Lichtschein ein weiteres Mal auf. „Glaubst du mir jetzt?“, fragte er.

„Tatsächlich! Du hattest recht! Ob dort jemand mit einer Taschenlampe herumläuft?“

Das Licht ging aus.

„Ganz schön gruselige Vorstellung“, stellte Benjamin fest. Die Zwillinge kannten viele alte Geschichten über das Haus. Vor einigen Jahrzehnten war dort ein Mann ums Leben gekommen. Seither spukte angeblich sein Geist durch die Zimmer. Das soll auch der Grund dafür gewesen sein, dass es die letzte Familie nur zwei Jahre in dem Haus ausgehalten hatte. Seit ihrem Auszug stand es leer.

Der Lichtschein flackerte erneut auf und merkwürdige Geräusche waren zu hören. Als wenn jemand im Haus gegen eine Wand schlagen würde. Erschrocken blickten sich die Kinder an.

Was hat eine gute Sicht auf den Sternenhimmel verhindert?

„Ob das der Geist war?“, fragte Anja leise.

„Ein Geist mit einer Taschenlampe?“, zog Benjamin seine Schwester auf.

Anja schüttelte den Kopf. „Keine Ahnung. Sollten wir nicht lieber Mama und Papa holen?“

In diesem Moment ging die Tür zu ihrem Zimmer auf. Mama stand in der Diele und sah gar nicht begeistert aus. „Was ist hier los?“

Die Zwillinge redeten gleichzeitig los.

„Drüben im leeren Haus ist der Geist unterwegs!“

„Er hat an die Wand geklopft! So laut, dass wir es gehört haben!“

„Und er hat Licht gemacht!“

„Können wir zusammen rübergehen?“

Mama trat ans Fenster und seufzte. „Ihr beide müsst morgen früh aufstehen.“ Sie schloss das Fenster und ließ den Rollladen herunter. „Und deswegen huscht ihr jetzt gleich zurück ins Bett. Außerdem gibt es keine Geister!“

„Aber Mama!“, riefen die Zwillinge. Doch ihre Mutter blieb dabei.

Während des Frühstücks am nächsten Morgen gähnten die Kinder unablässig.

Mama sah sie über die Zeitung hinweg an. „Müde sind nur Kinder, die sich heimlich aus dem Bett schleichen, um die Nachbarschaft auszuspionieren.“

„Eigentlich wollten wir uns nur die Sternschnuppen ansehen“, verriet Anja versehentlich.

Mamas Blick verfinsterte sich. „Hatten wir euch das nicht ausdrücklich verboten?“

„Im leeren Haus gegenüber war jemand!“, versuchte Benjamin Mama abzulenken.

„Genau!“, pflichtete ihm Anja bei. „Wir haben uns das Licht und das Klopfen ganz bestimmt nicht eingebildet.“

„Und wer soll das gewesen sein?“, fragte Mama.

„Der Geist!“, antwortete Benjamin.

„Der Geist des toten Mannes!“, fügte Anja hinzu.

Mama schüttelte den Kopf. „Das ist bloß ein altes Schauermärchen. In dem Gebäude ist bestimmt niemals ein Mensch gestorben.“

„Und warum sind dann die letzten Bewohner ausgezogen?“, wollte Benjamin wissen.

„Der Vater hatte eine neue Arbeitsstelle angeboten bekommen“, erläuterte Mama. „Zweihundert Kilometer von hier entfernt. Deswegen sind sie weggezogen.“

„Auf jeden Fall war gestern Nacht jemand dort!“, behauptete Benjamin.

„Der Einzige, der drüben ab und zu nach dem Rechten sieht, ist Herr Schmidt.
Aber das macht er bestimmt nicht nachts“, sagte Mama.

Weißt du noch, wann Herr Schmidt nach seinen eigenen Angaben das letzte Mal aus dem Haus gekommen ist?

„Es gibt keine Geister und es gibt auch keine Leute, die sich nachts in einem leer stehenden Haus herumtreiben und gegen irgendwelche Wände klopfen“, fuhr Mama fort. „Wenn jemand Interesse an dem Haus hätte, würde er den Besitzer anrufen und es tagsüber besichtigen.“

Mama sah auf die Küchenuhr. Dann musterte sie die kaum angerührten Brotscheiben auf ihren Tellern. „Ihr müsst euch beeilen. In einer Viertelstunde fährt der Bus.“ Sie konzentrierte sich wieder auf ihre Zeitung. „Das gibt's ja gar nicht“, murmelte sie nach einer Weile.

„Was ist denn los?“, erkundigte sich Anja.

„Gestern Morgen ist die Bank in unserem Einkaufsviertel überfallen worden“, teilte ihnen Mama mit. „Deswegen ist bestimmt dieser Polizeihubschrauber hier herumgeflogen, als ihr in der Schule wart. Die drei Täter sind mit der Beute von fünfzigtausend Euro entkommen. Aber zum Glück ist weder den Mitarbeitern noch den Kunden der Bank etwas passiert.“

Anja und Benjamin warfen sich vielsagende Blicke zu. Ein Banküberfall, drei flüchtige Räuber und ein seit Jahren leer stehendes Gebäude, das plötzlich zum Leben erwacht. Das konnte kein Zufall sein!

Was vermuten die Zwillinge?

Auf dem Weg zur Bushaltestelle unterhielten sich die Geschwister aufgeregt.

„Fünfzigtausend Euro. Ich kann mir so viel Geld auf einen Haufen gar nicht vorstellen", sagte Benjamin.

„Bestimmt haben sie es in einen großen Sack gesteckt", vermutete Anja.

„Als wir den Lärm gehört haben, haben die Räuber vielleicht ein Loch in eine Wand geschlagen, um das Geld zu verstecken", überlegte Benjamin laut.

„Wir werden eine riesige Belohnung bekommen", fügte Anja hinzu.

„Ganz bestimmt. Ich habe mal gelesen, dass man zehn Euro Finderlohn erhält, wenn man einhundert Euro findet. Also sind das bei fünfzigtausend Euro …" Er stockte einen Moment, um das Ergebnis auszurechnen.

„Fünfhundert Euro“, verkündete er schließlich.
„Fünftausend Euro“, korrigierte ihn Anja.
„Quatsch! Da hast du dich vertan!“, widersprach Benjamin. Schnell rechnete er nach und musste seiner Schwester recht geben.

Nach dem Mittagessen rief Anja ihrer Mutter zu: „Wir gehen draußen spielen.“
„In Ordnung. Ich muss übrigens gleich noch mal kurz weg. Nehmt am besten einen Schlüssel mit.“
„Machen wir!“, sagte Benjamin.
„Du kannst dir ruhig Zeit lassen. Heute ist so schönes Wetter, da sind wir bestimmt lange draußen“, fügte Anja hinzu.
Als Mamas Wagen wenig später davonfuhr, atmeten die Kinder erleichtert auf.
„Beeilen wir uns, wer weiß, wie schnell Mama wieder da ist.“

Sie traten auf die Straße und gingen entschlossen auf das leere Haus zu. Doch mit jedem Schritt wurden sie unsicherer, denn die Geistergeschichten spukten in ihren Köpfen herum. Schließlich standen sie vor der dunklen Holztür. Schon seit Langem wussten sie, dass die Tür nicht verschlossen war. Benjamin drückte sie auf. Die Tür quietschte in den Angeln.

„Hallo!“, rief er mit brüchiger Stimme. „Ist jemand da?“

Niemand antwortete.

Im Inneren des Hauses war es trotz des schönen Wetters ziemlich düster. Benjamin schlüpfte als Erster hinein, dicht gefolgt von Anja. Damit niemandem auf der Straße etwas auffiel, schlossen sie die Tür hinter sich.

„Hier riecht's muffig“, sagte Anja und rümpfte die Nase.

Benjamin nickte. „Wo sollen wir unsere Suche beginnen?“

Anja zeigte nach rechts. „Dort haben wir den Lichtstrahl zuletzt gesehen.“ Die Zwillinge wandten sich in diese Richtung. Doch plötzlich schrie Anja laut auf und machte einen Satz nach hinten.

„Was ist?“, rief Benjamin und zuckte zusammen.

Anja blickte auf den Boden. Ein Tausendfüßer krabbelte vor ihnen her.

„Ich hasse diese Viecher!“

„Musst du mich deswegen so erschrecken!“, schimpfte Benjamin. Er war ganz bleich geworden.

Nachdem sie sich etwas beruhigt hatten, gingen sie weiter. Der Holzboden knarrte mit jedem Schritt. Plötzlich hörte Benjamin ein

Wispern. Schlagartig blieb er stehen. Ein leichter Windhauch strich ganz sanft über sein Gesicht.

„Hier ist bestimmt irgendwo Durchzug“, erklärte ihm Anja, die den Luftzug auch wahrgenommen hatte.

Benjamin fragte sich hingegen, ob ihn der Geist berührt hatte.

Als sie den Raum erreichten, der früher als Badezimmer genutzt worden war, deutete Anja mit ihrer Hand nach vorn. „Wir haben es gefunden.“

Tatsächlich befand sich genau unter dem alten Waschbecken ein fußballgroßes Loch. Die beiden rannten zu der Stelle. Davor lagen Stücke der herausgeschlagenen Wand und eine Menge Mörtel.

„Wir hätten Taschenlampen mitnehmen sollen“, ärgerte sich Benjamin.

„Ich finde, man sieht genug“, widersprach ihm Anja. Sie kniete sich zu Boden und sah in das Loch. „Da ist nichts drin“, sagte sie nach einer Weile enttäuscht. Benjamin schob sie zur Seite. „Tatsächlich! Warum schlägt hier jemand ein Loch in die Wand?“

Anja blickte sich schaudernd um. „Lass uns lieber wieder gehen. Vielleicht ist Mama schon wieder zurück.“

Benjamin nickte.

Während sie das Gebäude verließen, kamen sie auf die Idee, bei den Nachbarn nachzufragen, ob sie etwas Ungewöhnliches bemerkt hatten. Zunächst klingelten sie bei den Kochs. Doch Frau Koch und ihr Mann hatten den ganzen Abend ferngesehen. Ihnen war nichts aufgefallen.

Entmutigt trotteten die Zwillinge zu Herrn Schmidt.

„Tut mir leid“, sagte er. „Ich bin gestern erst nach Mitternacht nach Hause gekommen. Ich hatte mich mit ein paar Schulfreunden von früher verabredet.“

Die Kinder verabschiedeten sich und rannten über die Straße.

„Er lügt!“, war sich Benjamin sicher.

Wie kommt Benjamin darauf?

„Aber warum lügt er uns so plump an? Sein Haus hat fast die ganze Straße erleuchtet, so viele Lampen haben bei ihm gebrannt.“ Benjamin machte ein nachdenkliches Gesicht. „Ob er wohl etwas mit den Vorkommnissen in dem leeren Haus zu tun hat?“

Ein paar Stunden später lagen die Zwillinge in ihren Betten und flüsterten noch leise miteinander.

„Du musst mich morgen im Mathetest unbedingt abschreiben lassen“, bat Benjamin seine Schwester.

Anja seufzte. Doch bevor sie antworten konnte, erklang ein dumpfes Geräusch. Die Geschwister stiegen aus ihren Betten und Anja zog den Rollladen bis zur Hälfte hoch. Eine halbe Stunde lang beobachteten sie das leer stehende Gebäude, ohne dass sich dort etwas regte.

Am nächsten Tag waren sie mit einer Taschenlampe ausgerüstet. Um nicht von Mama entdeckt zu werden, schlichen die Kinder um das Haus herum. Eines der Fenster war im letzten Sommer von Jugendlichen eingeworfen worden. Das Glas war komplett aus dem Rahmen gefallen, ohne gefährliche Reste zu hinterlassen. Benjamin half Anja beim Hochklettern mit einer Räuberleiter.

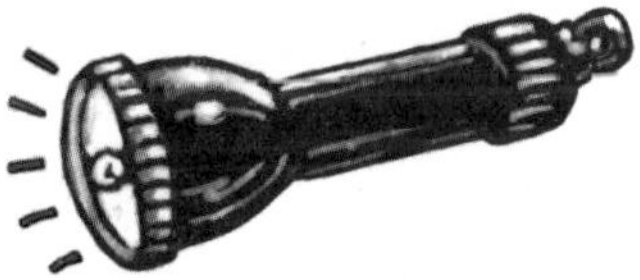

Anschließend zog er sich selbst hinein. Weil der Himmel bewölkt war, war es im Inneren noch dunkler als am Tag zuvor. Anja schaltete die Taschenlampe ein. Sie warf einen matten Lichtschein an die Wand. Genau dorthin, wo dicke Spinnweben hingen. „Ist das eklig", murmelte sie. Jetzt bewegten sich die Spinnweben auch noch. Für Benjamin sah es so aus, als würde ihnen der Geist entgegenschweben.

„Und falls die Geistergeschichten stimmen?“ Er klang besorgt.

„Lass uns schnell das neue Loch finden.“

Die beiden begannen ihre Suche im ehemaligen Badezimmer und wurden schnell fündig. Das zweite Loch war etwa einen Meter vom ersten entfernt und genauso groß. Benjamin leuchtete die Löcher mit der Taschenlampe aus.

„Da ist nichts“, stellte er fest. „Warum schlägt denn hier jemand nachts Löcher in die Wand?“ Plötzlich wurde ihm bewusst, dass in der Wand etwas fehlte. Er leuchtete noch einmal hinein. In den Löchern waren keine Metallrohre mehr zu sehen. Als wenn sie jemand in dem Loch abgeschraubt und herausgeholt hätte. Erst ein Stück weiter in der Wand waren die Reste der Rohre wieder zu sehen. Doch auch aus dieser Entdeckung wurden die Kinder nicht schlau. Warum sollte jemand Teile der Rohre mitnehmen?

Sie verließen das Haus wieder auf der Rückseite. Anja sprang als Erste aus dem Fenster und landete sicher im Gras. Von der Fensterbank aus bemerkte Benjamin, dass sie eine weiße Fußspur auf dem Rasen hinterließ.

„Du hast weiße Farbe unter den Schuhen. Das kommt bestimmt von dem Mörtel und den Resten der Wand vor den Löchern“, vermutete er. „Schließlich standen wir direkt davor.“

„So können wir herausfinden, wie viele Personen hier in letzter Zeit gewesen sind“, sagte Anja aufgeregt.

Wie will Anja das herausbekommen?

Obwohl sie das Gebäude mehrmals umrundeten, entdeckten sie lediglich einen weiteren Fußabdruck. Dieser stammte eindeutig von einem Erwachsenen.

„Ich fürchte, die Bankräuber nutzen das Haus nicht als Versteck für ihre Beute“, meinte

Benjamin niedergeschlagen. „Wir sollten uns den Zeitungsartikel über den Banküberfall noch einmal ansehen. Vielleicht finden wir darin Hinweise, die uns weiterhelfen. Schließlich geht es um eine große Belohnung.“

Mama bewahrte die alten Zeitungen in der Abstellkammer auf. Rasch hatte Benjamin die gestrige Ausgabe gefunden. Die Zwillinge liefen in ihr Zimmer.

Anja las den Artikel vor, in dem beschrieben wurde, wie zwei Bankräuber mit Pistolen bewaffnet in die Bank gestürmt waren, während ein Komplize im Fluchtauto gewartet hatte. Der ganze Spuk hatte weniger als vier Minuten gedauert. Obwohl direkt nach dem Überfall der Alarm ausgelöst worden war, hatte die Polizei keine Spur von den Tätern gefunden. Nur das Fluchtauto, ein gestohlener roter Wagen, war einige Kilometer vom Tatort entfernt verlassen aufgefunden worden.

Gerade als Anja die Zeitung weglegen wollte, stieß sie auf einen anderen Artikel. „Hör dir mal das an", sagte sie zu ihrem Bruder. „Sie nehmen wirklich jeden Schrott mit. Gullydeckel, Bahnschienen und tonnenweise Kabel. Doch die Metalldiebe werden immer dreister. Inzwischen brechen sie sogar in noch im Bau befindliche Häuser ein und stehlen Leitungsrohre. Gestern wurde ein Neubau in der Feldstraße völlig ausgeschlachtet. Der vierte Fall dieser Art innerhalb von drei Monaten. ‚Hintergrund sind die stark gestiegenen Schrottpreise', erklärt Kommissar Hoffmann. Schrottdiebstahl ist zu einem lohnenden Geschäft geworden. Wer Hinweise auf die Täter hat, soll sich an Kommissar Hoffmann und seine Kollegen unter der Telefonnummer 57575 wenden. Für Informationen, die zur Ergreifung der Täter führen, ist eine Belohnung von eintausend Euro ausgesetzt."

Anja legte die Zeitung beiseite. „Jetzt können wir sicher sein, dass das Klopfen nichts mit dem Banküberfall zu tun hat."

Benjamin nickte. „Aber vielleicht kommen wir doch zu unserer Belohnung."

Was spricht alles dagegen, dass Bankräuber das leer stehende Haus als Beuteversteck nutzen?

An diesem Abend waren ihre Eltern ausgegangen. Schon seit zwei Jahren blieben die Zwillinge in solchen Fällen allein zu Hause und noch nie hatte es ihnen besser gepasst. Sie hatten das Licht in ihrem Zimmer ausgeschaltet und saßen am Fenster. Sobald sie ein Klopfen hören oder einen Lichtstrahl sehen würden, würden sie gleich die Polizei alarmieren.

Nachdem sie etwa eine Stunde gewartet hatten, ging die Tür des linken Nachbarhauses auf. Herr Schmidt trat heraus und lief zielstrebig auf das leere Gebäude zu. In seiner Hand hielt er eine Kaffeekanne und zwei Tassen. Er öffnete die Tür und schlüpfte hinein.

„Was will er mit der Kanne und den Tassen?“, fragte Benjamin.

„Vielleicht will er heute Nacht sein Werk vollenden“, antwortete Anja.

„Wir warten zehn Minuten, bevor wir die Polizei rufen."

Nichts geschah. Die Zwillinge beschlossen, die Polizei zu benachrichtigen. Kaum hatten sie ihr Zimmer verlassen, huschte eine weitere Person in das Haus.

Unterdessen hielt Benjamin das Telefon in der Hand und wählte die Nummer. Nach kurzer Wartezeit meldete sich ein Polizist und Benjamin erklärte ihm alles.

„Seltsam", sagte der Mann. „Laut meinen Einsatzplänen müssten sich dort zwei Beamte aufhalten. Ich werde das überprüfen." Der Polizist ließ sich die Telefonnummer der Zwillinge geben und versprach, sich bei ihnen zu melden. Rasch liefen die Kinder zurück zu ihrem Beobachtungsposten.

Sie waren gerade am Fenster angekommen, als ein Mann aus dem Haus stürmte. Zwei

Polizisten rannten ihm hinterher. Das Gesicht des Flüchtenden konnten die Kinder jedoch nicht erkennen.

„Hatte Herr Schmidt nicht etwas anderes an?“, fragte Anja verwundert.

„Darauf habe ich nicht geachtet“, gestand Benjamin. „Aber es kann doch nur Herr Schmidt sein. Niemand sonst ist in das Haus hineingegangen.“

„Mach mal das Fenster auf. Vielleicht können wir etwas hören“, schlug Anja vor.

Benjamin riss das Fenster auf.

„Bleiben Sie stehen!“, rief einer der Polizisten dem Mann hinterher. Die Beamten waren ihm dicht auf den Fersen.

Der Mann rannte am Nachbarhaus vorbei, direkt auf ein dunkles Auto zu, in dem jemand auf ihn wartete. Die Person startete den Wagen, während der Mann die Beifahrertür aufriss und schnell hineinsprang. Der Motor jaulte auf, doch der Wagen sprang nicht an. Einer der Polizisten öffnete die Beifahrertür. Der andere stellte sich mit gezogener Pistole vor den Wagen. „Es ist vorbei!", rief er laut. „Geben Sie auf!"

Anja und Benjamin sahen sich an. Sie wussten genau, wer die Täter waren.

Weißt du auch, wer die Täter sind?

Emma allein zu Haus

Emma sah aus der Rückscheibe des Autos, während sie vom Hof der Werkstatt fuhren. Obwohl es erst drei Uhr nachmittags war, war es draußen schon ziemlich dunkel. Es war schon fast Winter und der Himmel war wolkenverhangen.

„Ich fand diesen Rico von der Autowerkstatt ziemlich unfreundlich", sagte Mama plötzlich. „Der hat so komisch auf meine Armbanduhr gestarrt."

Emma wusste sofort, dass Mama ihre goldene Uhr meinte, die sie von Papa zum zwölften Hochzeitstag geschenkt bekommen hatte. DIe Uhr war wunderschön und sehr wertvoll.

Wenig später bog Mama in die Garageneinfahrt vor ihrem Haus ein.

„Ich glaube, ich lasse den Wagen hier stehen", sagte sie. „Dann brauchen wir ihn nachher nicht aus der Garage zu holen."

Mit einem mulmigen Gefühl dachte Emma an den bevorstehenden Abend. Mama und Papa wollten gemeinsam mit den befreundeten Nachbarn in die Oper gehen.

Normalerweise hätte an so einem Abend Emmas Tante Susanne auf sie aufgepasst, doch sie hatte heute Morgen schon früh angerufen und abgesagt, weil sie über Nacht krank geworden war.

Emmas Oma war mit drei Freundinnen zum Kartenspielen verabredet und Mama hatte so schnell niemanden als Ersatz auftreiben können. Daher musste Emma an diesem Abend zum ersten Mal ganz allein zu Hause bleiben.

Mama zog den Autoschlüssel ab und steckte ihn in ihre Jackentasche. Dann kramte sie nach ihrem Haustürschlüssel.

„Hm“, brummte sie nach einer Weile. „Falls der Schlüssel nicht im Einkaufskorb liegt, habe ich ihn wohl verloren.“

Mama ging zum Kofferraum und öffnete die Klappe. Emma schaute unterdessen die Straße hinab. Wegen des trüben Wetters konnte sie die Gebäude am Ende der Straße gar nicht richtig erkennen. Dann fiel ihr Blick auf das hell erleuchtete Haus gegenüber. Immerhin konnte sie auf diese kurze Entfernung sehen, in wie vielen Zimmern bei den Nachbarn Licht brannte.

„Der Schlüssel ist nicht hier. Ob ich ihn in der Autowerkstatt verloren habe? Ich muss dort sofort anrufen“, sagte Mama. „Zum Glück haben wir bei Franka einen Ersatzschlüssel.“

Franka wohnte mit ihrem Mann Emil und ihrem dreizehnjährigen Sohn Kai im Haus gegenüber. Die beiden Familien kannten sich seit vielen Jahren. Die Erwachsen waren schon oft gemeinsam ausgegangen.

„Komisches Wetter“, meinte Mama, als sie über die Straße liefen.

Was hat Emmas Mutter am Verhalten des Autowerkstattmitarbeiters gestört?

Mama drückte auf die Klingel. Es dauerte nur ein paar Sekunden, bis Kai mit einem Strahlen im Gesicht die Tür aufriss. „Du bist aber …“ Überrascht hielt er inne. „Ach, ihr seid's!“, sagte er und sein Lächeln verschwand. Dann drehte er sich um. „Mama!“, rief er. „Es sind Monika und Emma.“ Ohne sie ins Haus zu bitten oder nach dem Grund ihres Besuchs zu fragen, schlurfte er ins Wohnzimmer. Emma sah ihre Mutter an und grinste. Jungen in Kais Alter waren seltsam.

Kais Mutter kam an die Tür und begrüßte die beiden freundlich.

„Mama hat ihren Haustürschlüssel verloren“, erklärte Emma.

„Wahrscheinlich in der Autowerkstatt“, fügte Mama hinzu.

„Kein Problem“, erwiderte Franka und griff zu einem Schlüsselbrett, das direkt neben der

Tür hing. „Ich habe gehört, du bist heute zum ersten Mal allein zu Hause?"

Emma nickte. „Tante Susanne ist krank geworden und Oma hat keine Zeit."

„Das ist doch nicht schlimm, oder? Immerhin bist du inzwischen ein großes Mädchen."

Emma nickte erneut, obwohl es ihr lieber gewesen wäre, wenn Tante Susanne nicht abgesagt hätte.

„Und wie macht ihr es mit Kai?", fragte Mama.

„Ein Schulfreund schläft heute Nacht hier. Der müsste eigentlich gleich kommen. Ich hoffe, die beiden machen keinen Unsinn."

Als sie endlich zu Hause waren, rief Mama zuerst bei der Autowerkstatt an. Der Chef konnte ihr bestätigen, dass sie einen Schlüsselbund gefunden hatten. Mama vereinbarte mit ihm, den Schlüssel am nächsten Tag abzuholen. Nach dem Telefonat reichte sie Emma eine Liste. „Wir müssen in der Oper unsere Handys ausschalten“, sagte sie. „Deswegen habe ich dir aufgeschrieben, wen du in welchen Fällen anrufst.“

Emma nahm ihr den Zettel ab und warf einen Blick darauf.

„Wenn du ein Feuer bemerkst, rufst du sofort die Feuerwehr unter der Nummer 112. Denen sagst du deinen Namen und unsere Adresse. Danach verlässt du das Haus. Ist das Feuer zu groß, rennst du direkt zu den Nachbarn nebenan. Falls du einen Arzt brauchst, weil du dich verletzt hast, wählst du die gleiche Nummer. Sollte die Alarmanlage losgehen, so wie vor Kurzem, als bei den Hansens am Anfang der Straße eingebrochen wurde, benachrichtigst du die Polizei unter 110. In allen anderen Fällen meldest du dich bei Oma."

Emma nickte.

„Aber mach dir keine Sorgen", fügte Mama beruhigend hinzu. „In den paar Stunden, die wir nicht da sind, passiert bestimmt nichts. Da fällt mir ein, bringst du bitte unseren Ersatzschlüssel gleich wieder rüber?"

Etwas widerwillig zog sich Emma Jacke und Schuhe an. Sie griff nach dem Schlüssel am Haken und öffnete die Haustür. Inzwischen war es richtig dunkel und grauer Nebel war aufgezogen. Die beleuchteten Fenster des gegenüberliegenden Hauses waren aber gut zu erkennen. Kaum hatte Emma geklingelt, öffnete Kai die Tür.

Emma hielt ihm den Schlüssel hin. „Hier!"

Kai nahm ihn entgegen. „Du bist gleich allein zu Hause? Hoffentlich machst du dir vor Angst nicht in die Hose."

„Blödmann!", erwiderte Emma und drehte sich um. Kai grinste und schloss die Tür.

Wen erwartet Kai,
als Emma und ihre Mutter
zum ersten Mal klingeln?

Kurz nach sieben Uhr verabschiedeten sich Emmas Eltern von ihrer Tochter. Emma fand, dass sie toll aussahen. Papa trug einen dunkelblauen Anzug, ein weißes Hemd und eine schwarze Fliege. Mama hatte ein wunderschönes rotes Kleid angezogen, in dem sie fast wie eine Prinzessin wirkte.

„Wo hast du die Anrufliste?“, fragte Mama.

„Liegt neben dem Telefon“, antwortete Emma.

„Und du kennst den Code für die Alarmanlage?“, erkundigte sich Papa.

„Wie könnte ich meinen Geburtstag vergessen?“ Emma zwinkerte ihrem Vater zu.

Er streichelte ihr über die blonden Haare, die Emma zu einem Pferdeschwanz zusammengebunden hatte. „Dann machen wir uns jetzt auf den Weg.“

In diesem Moment klingelte es an der Haustür. Mama öffnete sie und begrüßte Franka und Emil.

„Da draußen hat sich eine richtige Nebelsuppe zusammengebraut. Man sieht kaum noch die Hand vor Augen“, sagte Kais Vater.

„Kein schönes Wetter zum Autofahren“, seufzte Mama.

„So weit ist es zum Glück ja nicht“, meinte Papa. Die beiden gaben Emma einen Kuss und verließen das Haus. Die Erwachsenen stiegen zu viert in den Wagen. Papa startete den Motor und die Autoscheinwerfer erhellten ein wenig die Dunkelheit. Doch nachdem sie sich ein paar Meter entfernt hatten, konnte Emma die roten Rücklichter nicht mehr erkennen.

Emma kam es so vor, als würde der Nebel ins Haus dringen. Schnell machte sie einen

Schritt nach hinten, schloss die Tür und drehte den Schlüssel zweimal herum. Dann gab sie den Code für die Alarmanlage ein. Anschließend lief sie zum Telefon und wählte Omas Nummer. Es dauerte eine Weile, bis der Hörer abgenommen wurde.

„Müller", meldete sich ihre Oma. Im Hintergrund war Gelächter zu hören.

„Hallo, Oma. Ich bin's, Emma."

„Hallo, mein Herzblatt. Alles in Ordnung?"

„Ja, Mama und Papa sind gerade gefahren, und ich wollte nur ausprobieren, ob du zu erreichen bist."

„Ich bin den ganzen Abend hier", erwiderte Oma. „Ruf einfach an, wenn irgendetwas ist."

„Mach ich. Gewinnst du beim Kartenspiel?", fragte Emma.

„Wir haben noch gar nicht angefangen", antwortete Oma.

Kurz darauf verabschiedeten sie sich voneinander. Kaum hatte Emma aufgelegt, klingelte das Telefon.

„Hast du vergessen, mir etwas zu sagen, Oma?“, fragte Emma. Doch statt der Stimme ihrer Großmutter meldete sich ein junger Mann.

„Hier ist Rico von der Autowerkstatt. Ich rufe im Auftrag meines Chefs an. Es geht um den Schlüssel. Soll ich den noch heute Abend vorbeibringen? Ich wohne bei euch in der Nähe.“ Begeistert klang Rico nicht.

„Meine Eltern sind nicht da“, erklärte Emma.

„Bist du ganz allein?“, erkundigte sich Rico.

„Das darf ich nicht sagen“, antwortete Emma.

„Dann muss deine Mutter den Schlüssel eben selbst abholen.“ Ohne ein weiteres Wort beendete er das Gespräch.

Mit einem mulmigen Gefühl legte Emma auf und vergewisserte sich, dass die Alarmanlage wirklich eingeschaltet war. Irgendwie befürchtete sie, dieser Rico könnte auf dumme Gedanken kommen.

Doch zum Glück leuchtete das rote Lämpchen. Sollte jemand die Haustür öffnen, musste er innerhalb von zehn Sekunden den richtigen Code eingeben, selbst wenn er einen Schlüssel benutzt hatte. Ansonsten würde der Alarm losgehen. Auch wenn jemand versuchen sollte, durch das Fenster einzubrechen, würde der Alarm ausgelöst werden. Eigentlich war sie gut vor Einbrechern geschützt.

Was befürchtet Emma?

Emma machte sich auf den Weg nach oben. In ihrem Zimmer schaltete sie ihre kleine Stereoanlage ein. Die Musik ihrer Lieblingsband ertönte. Sie stellte sich vor den Spiegel und übte die Tanzschritte, die sie aus dem Musikvideo kannte. Nachdem sie den Song dreimal wiederholt hatte, war Emma völlig außer Atem. Für heute hatte sie genug getanzt.

Emma schaltete die Musik aus und trat ans Fenster. Draußen war nach wie vor kaum etwas zu erkennen. Emma versuchte sich daran zu erinnern, ob es jemals zuvor so neblig gewesen war.

Plötzlich ging eine Sirene los. Erschrocken schrie Emma auf. Für einen Moment glaubte sie, es wäre ihre eigene Alarmanlage. Ihr Herz raste. Dann wurde ihr klar, dass das Geräusch von draußen kam. Die Sirene verstummte wieder. Das konnte dreierlei bedeuten: Entweder war der Besitzer des Hauses nicht schnell genug an der Alarmanlage gewesen, er hatte sich vertippt oder ein Einbrecher hatte es geschafft, den richtigen Code einzugeben.

In diesem Moment flammte ganz in der Nähe ihres Hauses ein grünes Licht auf.

„Was ist das für ein Licht?“, wisperte Emma. Hastig schaltete sie das Deckenlicht aus, lief zurück zum Fenster und presste ihre Stirn gegen die Glasscheibe. Doch außer dem grünen Licht, das von der Garageneinfahrt vor ihrem Haus kam, konnte sie nichts erkennen.

Ein Auto kann das nicht sein, dachte Emma. Doch was ist es dann? Verfluchter Nebel!

Warum kann es kein Auto sein?

Die Rücklichter von Autos waren rot, die Scheinwerfer vorn empfand Emma immer als Mischung aus weiß und gelb. Polizeiautos hatten Blaulicht und manchmal gab es Autos, zum Beispiel auf Baustellen, mit orangefarbenen Lampen, die sich drehten. Aber sie hatte noch nie grüne Lichter an Fahrzeugen gesehen. Nein, es war unmöglich, dass ein Auto in ihrer Garageneinfahrt stand.

Plötzlich erlosch das grüne Licht. Nun konnte Emma gar nichts mehr erkennen.

Sie starrte weiter hinaus und erinnerte sich an einen Film, den sie vor Kurzem mit Mama und Papa im Fernsehen gesehen hatte. Ein Film über einen süßen Außerirdischen, der auf der Erde von seinen Gefährten versehentlich zurückgelassen wurde und bei einer Familie landete, die sich um ihn kümmerte. Hatte das Raumschiff grüne Lampen gehabt? Emma wusste es nicht mehr genau. Wen würde sie anrufen, falls plötzlich ein Außerirdischer vor der Tür stand?

Emma kam zu dem Schluss, dass es besser war, den Rollladen herunterzulassen, damit niemand sie von draußen beobachten konnte. Wenn sie an die Schwierigkeiten dachte, die die Kinder in dem Film bekommen hatten, wollte sie lieber erst gar nicht mit einem Außerirdischen zusammentreffen.

Sie machte einen Schritt zur Seite und legte ihre Hand auf den Knopf für den Rollladen. Ein letztes Mal versuchte sie, etwas auf der Straße zu erkennen. Doch es war zwecklos.

Emma drückte den Knopf. Genau in diesem Moment tauchte der runde Schein einer Taschenlampe auf. Sofort stoppte Emma den Rollladen.

Jemand leuchtete direkt in ihr Zimmer hinein.

Das Licht ging aus und tauchte in der gleichen Sekunde an einer anderen Stelle wieder auf, die mindest zehn Meter entfernt war.

So schnell kann sich kein Mensch bewegen, dachte Emma besorgt.

Ängstlich beobachtete sie das seltsame Schauspiel: Kaum erlosch der Strahl an der einen Stelle, kam er aus einer anderen Richtung. Mindestens zehnmal. Und immer war das Licht auf ihr Fenster gerichtet. Außerdem waren die Plätze viel zu weit voneinander entfernt, als dass ein einziger Mensch dafür verantwortlich sein konnte. Entweder waren es also zwei Personen oder ein Wesen, das sich viel schneller bewegen konnte, als ein …

Plötzlich waren für einen kurzen Augenblick zwei Lichter zu sehen. Dann erloschen sie wieder.

„Jetzt habt ihr euch verraten“, flüsterte Emma. Sie rannte aus ihrem Zimmer nach unten zum Telefon. Mit zittrigen Fingern drückte sie die Nummer ihrer Oma. Es kam ihr wie eine Ewigkeit vor, bis ihre Oma den Hörer abnahm.

„Müller“, meldete sie sich.

„Oma!“, sagte Emma aufgeregt. „Hier vorm Haus sind zwei Einbrecher, die alles ausspionieren.“

Wie kommt Emma auf zwei Einbrecher?

Hastig erzählte sie ihrer Oma alles, was in den letzten Minuten passiert war: der Alarm in der Nachbarschaft, das grüne Licht in der Garageneinfahrt und die zwei auf ihr Zimmer gerichteten Taschenlampen.

„Kannst du für mich die Polizei anrufen?", bat Emma am Schluss.

„Ich glaube nicht, dass da Einbrecher am Werk sind", beruhigte Oma sie. „Die Taschenlampen waren immer nur auf dein Zimmer gerichtet?"

„Ja", bestätigte Emma.

„Einbrecher würden das ganze Haus ausspionieren", erklärte Oma.

Emma schwieg nachdenklich. Wahrscheinlich hatte Oma recht. Trotzdem wollte Emma nicht ganz ausschließen, dass Einbrecher in der Nachbarschaft ihr Unwesen trieben. „Sobald unsere Alarmanlage anspringt, wähle ich aber sofort die Nummer der Polizei", erklärte sie.

„Das solltest du auf jeden Fall tun", sagte Oma.

Die beiden verabschiedeten sich, Emma legte den Hörer auf und schlurfte langsam nach oben. Mit einem seltsamen Gefühl im Bauch blickte sie aus dem Fenster. Die Lichtstrahlen waren verschwunden. Sie ließ den Rollladen ganz herunter, denn sie wollte nicht mehr wissen, was draußen vor sich ging. Am liebsten wäre es ihr, wenn Mama und Papa endlich wieder nach Hause kommen würden. Aber das würde leider noch dauern.

Emma überlegte, was sie als Nächstes tun könnte, da klingelte das Telefon. Rasch rannte sie nach unten. Sie hoffte, Mama oder Papa würden anrufen.

„Hallo?", meldete sie sich atemlos.

Auf der anderen Seite der Leitung blieb es still.

„Wer ist da?“, fragte Emma.

Da erklang ein ganz leises Rauschen, das langsam lauter wurde. Es veränderte sich zu einem Stöhnen und schließlich zu einem tiefen Schrei. Emma knallte den Hörer auf.

„Was war das?“, murmelte sie entsetzt. Nervös wartete sie, ob das Telefon noch einmal klingelte, aber glücklicherweise blieb es stumm.

Hatte gerade ein Geist mit ihr Kontakt aufgenommen? Waren die Lichter draußen von Geistern und nicht von Menschen erzeugt worden? Emma fühlte sich sehr unwohl, als sie wieder nach oben ging. Sie hatte ihren linken Fuß auf die letzte Stufe gesetzt, als ein neues

Geräusch ihr das Blut in den Adern gefrieren ließ: Es klopfte an der Haustür. Erschrocken drehte sich Emma um und starrte auf die Tür. Es klopfte erneut. Diesmal klang es jedoch ganz anders. Emma hatte große Angst, vor allem, weil ihr niemand helfen konnte. Oma und die Polizei waren viel zu weit weg, um die Einbrecher rechtzeitig zu verscheuchen. Doch da fiel ihr jemand ein, der nah genug war, um einzugreifen. Eilig lief sie die Stufen hinab und griff nach dem Telefon. Sie tippte die Nummer der Nachbarn ein, die sie auswendig kannte, weil sie sich nur bei zwei Ziffern von ihrer eigenen Nummer unterschied.

Kai war drei Jahre älter als Emma und ein Freund schlief bei ihm. Falls die beiden Jungen drüben die Haustür aufrissen, könnten sie damit die Einbrecher bestimmt vertreiben.

Es klingelte. Und klingelte. Niemand hob ab.

„Wo seid ihr?“, wisperte Emma.

Wieder klopfte es an der Haustür.

Am anderen Ende der Leitung sprang ein Anrufbeantworter an.

„Kai, hier ist Emma. Ich brauche deine Hilfe“, bat sie ihn mit leiser, eindringlicher Stimme. „Ruf mich bitte sofort zurück.“ Sie unterbrach die Verbindung und wählte anschließend die Nummer ihrer Oma. Nach dem zehnten Freizeichen legte sie auf. Warum ging Oma nicht mehr ans Telefon?

Ein weiteres Klopfen. Sollte sie die Polizei benachrichtigen? Ihr kam eine andere Idee. Sie flitzte nach oben in ihr Zimmer und fuhr den Rollladen hoch. Dann öffnete sie das Fenster.

„Ich habe die Polizei alarmiert!“, schrie sie hinaus. „Sie wird in drei Minuten hier sein!“

Emma hatte noch nicht ausgesprochen,

als sie hastige Schritte hörte, die sich vom Haus entfernten. Erleichtert atmete Emma tief durch. Nun fürchtete sie sich nicht mehr vor Gespenstern.

Warum hat Emma keine Angst mehr vor Gespenstern?

Wenn sie richtig gehört hatte, waren zwei Personen davongelaufen. Also mussten zwei Menschen an die Tür geklopft haben. Genauso wie zwei Lichter in der Garagenauffahrt zu sehen gewesen waren. Das musste sie sich unbedingt merken, um es später der Polizei mitzuteilen, falls die Diebe woanders einbrechen würden.

Ihr Einfall war genial gewesen. Bestimmt würden die Einbrecher das Weite suchen.

Emma schloss das Fenster und ließ den Rollladen wieder herunter. Die Erleichterung, die sie gerade noch gefühlt hatte, verschwand schlagartig, als sie sich vorstellte, wie die Diebe in der Nähe warteten, um zu kontrollieren, ob die Polizei wirklich unterwegs war.

Wieder klingelte das Telefon. Emma hoffte, dass es Oma, Mama oder Papa waren. Ihr klang noch immer der schreckliche Schrei in den Ohren, nachdem sie das letzte Mal abgenommen hatte. So etwas wollte sie nicht noch einmal erleben. Trotzdem ging sie nach unten.

„Hallo?“, meldete sie sich zaghaft.

„Ich bin’s“, sagte Kai. „Was wolltest du?“

Emma fiel ein Stein vom Herzen. Aufgeregt erzählte sie Kai alles, was passiert war, seitdem ihre Eltern wegfahren waren. „Schließlich habe ich das Fenster aufgerissen und ihnen zugebrüllt, dass ich die Polizei gerufen habe. Da sind sie abgehauen.“

„Hast du denn die Polizei alarmiert?“, wollte Kai wissen.

„Nein“, erwiderte Emma. „Meinst du, ich sollte das machen?“

„Auf keinen Fall!“, riet ihr Kai.

„Wieso nicht?“, fragte Emma.

„Die Polizei würde dich bloß auslachen und für ein kleines Mädchen halten, das nicht einmal ein paar Stunden allein zu Hause bleiben kann."

Emma überlegte einen Moment. Heute Abend waren wirklich seltsame Dinge passiert. Die in der Nachbarschaft ertönende Alarmanlage, die seltsamen Lichter, die weglaufenden Schritte. Trotzdem wollte sie von der Polizei nicht für ein kleines Mädchen mit zu viel Angst gehalten werden. Bestimmt hatte Kai recht.

„Nein, ich melde mich nicht bei der Polizei."

„Gut", sagte Kai. „Am besten gehst du einfach ins Bett und versuchst zu schlafen."

Sie verabschiedeten sich voneinander. Danach wählte Emma noch einmal die Nummer ihrer Oma. Jedoch ohne Erfolg. Seltsam. Machten Oma und ihre Freundinnen beim Kartenspielen so viel Lärm, dass sie das Telefon nicht hörten?

Wenigstens hatte sie mit Kai sprechen können. Mit einem Schulterzucken legte Emma auf und ging in ihr Zimmer. Bei der ganzen Aufregung konnte sie natürlich gar nicht an Schlaf denken. Aber wahrscheinlich war es eine gute Idee, sich trotzdem ins Bett zu kuscheln und ein lustiges Buch zu lesen.

Kaum hatte sie es sich gemütlich gemacht, vernahm sie ein neues Geräusch. Die Haustür wurde geöffnet. Erstaunt sah Emma auf die Uhr. War die Oper bereits zu Ende?

Emma stand auf. „Mama? Papa?"

Ein lang gezogenes Stöhnen antwortete ihr. Das Stöhnen eines Geistes. Entsetzt riss Emma den Mund auf. Waren es etwa doch die ganze Zeit Gespenster gewesen, die ihr Angst eingejagt hatten? Was sollte sie bloß tun?

Das schaurige Stöhnen erklang erneut. Im gleichen Moment sprang die Sirene an.

Niemand hatte in der festgelegten Zeit den Code eingegeben, um die Alarmanlage auszuschalten.

„Haben wir euch!“, rief eine Stimme, mit der Emma auf keinen Fall gerechnet hatte. „Emma, Herzblatt, komm herunter. Und wie schaltet man eigentlich diesen Krach aus?“

Wem gehört die Stimme?

„Nun lassen Sie uns endlich los“, jammerte jemand.

„Wir haben uns doch nur einen Scherz erlaubt“, fügte eine zweite Person hinzu.

Emma lief aus ihrem Zimmer. „Ich habe ständig versucht, dich zu erreichen“, rief sie ihrer Oma zu.

„Nach unserem Telefonat habe ich doch beschlossen, nach dem Rechten zu sehen. Aber wegen des Nebels haben wir für die Fahrt etwas länger gebraucht“, erläuterte Oma lautstark, um die Alarmanlage zu übertönen. Inzwischen hatte Emma auch den Treppenabsatz erreicht. „Und offensichtlich waren wir keine Sekunde zu spät. Aber nun sag mir doch endlich, wie man diesen Lärm abschaltet!“

„Du musst meinen Geburtstag eintippen. Ohne Geburtsjahr.“

Schon von der Treppe aus konnte Emma erkennen, was sich unten abspielte. Oma und drei ältere Frauen standen in der Diele. Bestimmt waren das ihre Freundinnen, mit denen sie heute Abend Karten gespielt hatte.

Während die Alarmanlage verstummte, fiel Emmas Blick auf die beiden Personen, die von Oma und einer Freundin festgehalten wurden. Wütend kniff sie ihre Lippen zusammen. Nun wusste Emma genau, wem sie ihren schrecklichen Abend zu verdanken hatte.

Weißt du es auch?

Der Geschenkedieb

Niklas seufzte. Warum konnte er sich nicht gedulden? Obwohl es nur noch zwei Tage bis zu seinem elften Geburtstag waren, hielt er es nicht mehr länger aus. Er musste unbedingt

wissen, ob ihm Mama und Papa seinen größten Wunsch erfüllen würden.

Mit schlechtem Gewissen blickte er aus dem Fenster. Der Familienwagen parkte nicht vor dem Haus. Mama und seine achtjährige Schwester Caroline waren zum Supermarkt gefahren. Papa würde erst spät von der Arbeit nach Hause kommen. Das war seine Gelegenheit, sich in aller Ruhe umzusehen.

Aber würde er sich damit nicht die Vorfreude auf seinen Geburtstag verderben? Nachdenklich strich sich Niklas eine blonde Locke aus der Stirn. Nein, ganz bestimmt nicht, dachte er. Sobald er wusste, dass seine Eltern ihm seinen Wunsch erfüllten, würde er sich noch mehr auf seinen Geburtstag freuen.

Niklas hatte schon eine Vermutung, wo seine Eltern die Geschenke versteckt haben könnten. In dem hohen hellen Schrank hinten im Wohnzimmer. Selbst Mama kam nicht allein an das oberste Fach, ohne auf einen Stuhl zu steigen.

Niklas ging zum Esstisch. Er griff nach einem Stuhl und trug ihn zum Schrank hinüber. Falls die Geschenke bereits verpackt waren, würde er sie nicht öffnen, sondern lediglich die Größe und das Gewicht prüfen. Und wenn Mama die Geschenke noch nicht in buntes Papier eingewickelt hatte, war das umso besser für ihn.

Vorsichtig stellte er den Stuhl mit der Lehne gegen den Schrank. Er zog seine Hausschuhe aus und kletterte auf die Sitzfläche. Obwohl er sich streckte, berührte er noch immer nicht den Griff der obersten Tür. Er stellte sich auf die Zehenspitzen und reckte den Arm in die Höhe. Endlich erreichte er den runden Griff. Mit seinen Fingern umklammerte er ihn und zog die Tür auf. Zunächst bewegte sie sich nur ein Stück, dann sprang sie plötzlich weit auf.

Niklas verlor das Gleichgewicht. Erschrocken schrie er auf. Rasch presste er seine Füße auf den Sitz und versuchte sich an den Schrank zu klammern. Trotzdem befürchtete er einen Moment lang, dass er vom Stuhl stürzen würde. Sein Herz schlug rasend schnell, doch der schreckliche Augenblick verging, ohne dass ihm etwas passierte. Erleichtert atmete Niklas tief durch.

Er stellte sich erneut auf die Zehenspitzen, um etwas im obersten Regal zu erkennen. Da lagen ein paar weiße Tischdecken. Doch was war das? An der Seite lugte ein Stück einer bunten Plastiktüte hervor. Die musste aus dem Spielzeugladen sein. Niklas grinste. Er hatte mit seiner Vermutung also richtig gelegen. Hier hatten seine Eltern die Geschenke versteckt. Aber wie sollte er einen Blick in die Tüte werfen? Er reckte gerade seinen Kopf, als die Wohnungstür geöffnet wurde.

„Wir sind wieder da!", rief Mama.

Entsetzt drückte Niklas die Schranktür zu. Mama durfte nicht herausbekommen, was er gemacht hatte. Ganz leise sprang er vom Stuhl und lief zur Couch. Zum Glück lag dort ein Comic griffbereit. Er schnappte sich das Heft und schlug eine Seite auf. In dieser Sekunde kam Mama ins Wohnzimmer.

„Ich hoffe, wir waren nicht zu lange ...“ Sie brach mitten im Satz ab. Anscheinend war ihr etwas aufgefallen. „Hast du etwa nach deinen Geschenken gesucht?“, fragte sie vorwurfsvoll.

Womit hat sich Niklas verraten?

„Tut mir leid“, murmelte Niklas verlegen.

Mama schüttelte den Kopf. „Du weißt genau, wie gefährlich es ist, auf einen Stuhl zu steigen“, sagte sie. „Stell dir vor, du wärst gestürzt. Dann hättest du deinen Geburtstag vielleicht im Krankenhaus verbracht.“

An ihrer Stimme erkannte Niklas, dass sie zum Glück nicht richtig sauer auf ihn war, sondern eher besorgt.

„Heute Abend, sobald du im Bett bist, werde ich die Geschenke außerhalb der Wohnung verstecken“, fuhr Mama fort. „Damit du gar nicht mehr auf dumme Gedanken kommst.“ Sie schüttelte noch einmal den Kopf und verließ das Wohnzimmer. „Stell den Stuhl an seinen Platz zurück!“, rief sie aus der Diele.

An diesem Abend konnte Niklas nicht einschlafen. Er wälzte sich im Bett hin und her und fragte sich, wohin Mama die Geschenke bringen würde. Seine Großeltern wohnten nur zehn Minuten Fahrzeit entfernt. Niklas vermutete, dass Mama die Tüte zu ihnen bringen würde.

Er lag schon eine Stunde wach, als er ein Klimpern hörte. So klang nur Mamas Schlüsselbund, wenn sie es vom Schlüsselbrett nahm.

So leise wie möglich schlug Niklas seine Bettdecke zurück und stand auf. Während er zu seiner Kinderzimmertür huschte, bemerkte er, dass die Wohnungstür geöffnet wurde. Ganz vorsichtig drückte er die Klinke herunter und spähte hinaus. Die Diele lag im Dunkeln und jemand war schon auf dem Weg nach draußen. Niklas sah nur noch ein Stück der bunten Plastiktüte, bevor die Tür zugezogen wurde.

Er schaute auf seinen Wecker. Rote Ziffern zeigten die Uhrzeit an. Es war einundzwanzig Uhr einunddreißig. Niklas legte sich zurück ins Bett und wartete. Obwohl er nun doch langsam müde wurde, schwor er sich, wach zu bleiben, bis Mama wieder nach Hause gekommen war.

Ob Oma etwas merken würde, falls er sie morgen überraschend besuchte? Ob sie misstrauisch werden würde? Oder ließe sie sich irgendwie ablenken, damit er sich in Ruhe umsehen könnte?

Andererseits wäre es wahrscheinlich besser, einfach abzuwarten, bis er übermorgen Geburtstag hatte. Sonst würde er Mama womöglich nur noch mehr verärgern.

Die letzte Ziffer der Uhranzeige sprang von

fünf auf sechs. Es war einundzwanzig Uhr sechsunddreißig. In diesem Moment hörte Niklas, wie die Wohnungstür aufgeschlossen wurde. Konnte das Mama sein? Niklas registrierte das Klimpern des Schlüsselbundes.

Nun gab es keinen Zweifel mehr. Mama war zurückgekehrt.

Niklas grübelte, was das bedeutete. Die Geschenke waren auf keinen Fall bei seinen Großeltern. Stattdessen gab es nur zwei Möglichkeiten: Entweder hatte Mama sie zu den befreundeten Nachbarn unter ihnen oder in den Keller gebracht.

Wie kommt Niklas darauf?

Am nächsten Morgen wurde Niklas kurz vor zehn Uhr wach. Er gähnte, reckte sich und dachte dabei, dass Ferien toll waren. Viel besser als Schule. Vor allem, weil er ausschlafen konnte. Glücklicherweise fiel sein Geburtstag fast immer in die Ferienzeit. Das war besonders toll. Keine Hausaufgaben oder andere Verpflichtungen an seinem Ehrentag. Nur noch einmal schlafen, und er wäre elf Jahre alt.

Kaum war Niklas aufgestanden, erinnerte er sich an den vorigen Abend. Und schon plagte ihn wieder die Neugierde. Vor dem Einschlafen hatte er sich einen Plan zurechtgelegt, den er sofort nach dem Frühstück in die Tat umsetzen wollte. Da Mama nur kurz weg gewesen war, um die Geschenke zu verstecken, mussten sie sich hier im Haus befinden. Falls sie die Tüte zu den Nachbarn gebracht hatte, würde Niklas das herausbekommen.

„Ich geh runter zu Julian“, sagte er, nachdem er gegessen hatte. „Vielleicht können wir ja zusammen spielen.“

Mama nickte. „Aber hängt nicht den ganzen Vormittag vor der Glotze“, bat sie ihn. „Draußen ist richtig schönes Wetter. Und um ein Uhr gibt es Mittagessen.“

„Okay.“ Niklas verabschiedete sich und lief die Treppe eine Etage nach unten. Dort drückte er ungeduldig dreimal auf die Klingel. Es dauerte ein paar Sekunden, bis sein Freund Julian die Tür öffnete.

„Wenn du zum Zocken kommst, vergiss es. Mir ist ein Becher Wasser umgekippt und über die Videospielkonsole gelaufen“, begrüßte ihn Julian leise.

„Weißt du vielleicht, ob meine Mutter gestern bei euch war?“, hatte Niklas ihn gleichzeitig und fast genauso leise gefragt.

Dabei hatte er nicht richtig auf Julians Worte geachtet.

„Wann gestern?“ Julian schloss die Tür und führte ihn in sein Zimmer.

„Gegen halb zehn abends“, antwortete Niklas.

„Da war sie nicht hier“, erwiderte Julian. „Ich habe bis zehn Uhr ferngesehen. Es lief nämlich ein total lustiger Film.“

„Mist!“, fluchte Niklas. „Also hat sie meine Geschenke in den Keller gebracht.“

Mit einem unguten Gefühl dachte er an den Keller. Für ihn war das der gruseligste Ort der Welt. An den Decken hingen Spinnweben und überall konnte man fette Spinnen entdecken. Außerdem ging das Licht nach einer Weile automatisch aus. Befand man sich dann nicht in der Nähe eines Lichtschalters, musste man im Dunkeln umherirren. Zudem ertönten im

Keller die seltsamsten Geräusche. Nein! So groß war seine Neugierde nicht, dass er auf der Suche nach den Geschenken den Keller betrat. „Wovon redest du?“, wollte Julian wissen.

Niklas erzählte ihm alles, was gestern passiert war.

„Was für ein Abenteuer!“, meinte Julian beeindruckt. „Hast du dir schon den Kellerschlüssel besorgt?“

„Nein“, entgegnete Niklas zaghaft.

„Warum nicht?“

„Ich find’s im Keller unheimlich“, gestand Niklas.

Julian verdrehte die Augen. „Und deswegen verzichtest du darauf, deine Mutter zu überlisten? Das könnte mir nicht passieren!
Ich würde mir den Schlüssel borgen und nachsehen.“

Niklas kam ins Grübeln. Vielleicht war es ja gar nicht so gruselig im Keller, wenn man zu zweit war. „Hast du eine Taschenlampe?“, fragte er.

Julian grinste und nickte. „Was wünschst du dir eigentlich? Lohnt es sich überhaupt, dafür in den Keller zu gehen?“

„Ich möchte die gleiche Spielkonsole haben, die du auch hast“, antwortete Niklas. Plötzlich erinnerte er sich an etwas, was Julian vor einigen Minuten gesagt hatte. „Ist deine Konsole kaputt?“

Weißt du noch, weswegen Julians Videospielkonsole kaputt ist?

Julian nickte betrübt. „Ich erzähl dir alles im Keller. Damit niemand mithören kann.“ Er ging zu seinem Schrank, zog die linke Tür auf und kramte in seinen Sachen. Schließlich holte er eine stabförmige Taschenlampe heraus und schaltete sie ein. Die Lampe warf einen hellen Lichtschein auf die gegenüberliegende Wand. Zufrieden schaltete sie Julian wieder aus und steckte sie in die hintere rechte Hosentasche seiner blauen Jeans. „Lass uns gehen“, schlug er vor. „Wir können ja zumindest von außen in euren Keller hineinsehen. Und falls wir die Tüte entdecken, besorgst du den Schlüssel für euer Schloss.“

Unsicher zuckte Niklas mit den Schultern. „Meinetwegen“, sagte er, obwohl er sich überhaupt nicht wohl bei dem Gedanken fühlte.

Kurz darauf öffnete Julian mit seinem Schlüssel die Kellertür und drückte sie auf. Sie quietschte in den Angeln und sofort lief Niklas ein kalter Schauer über den Rücken. Am liebsten wäre er umgekehrt, aber er wollte sich vor seinem Freund nicht blamieren, der völlig sorglos wirkte.

Julian drückte den Lichtschalter, während sie den Keller betraten. Flackernd sprang das Licht an. Mit wild pochendem Herzen schaute sich Niklas um. An der grauen Decke bemerkte er eine Spinne, die ihm so groß wie seine Hand erschien. Das Tier huschte schnell in eine Spalte an der Wand und verschwand. Niklas spürte eine leichte Gänsehaut auf den Armen. Genau in diesem Moment ertönte ein leises glucksendes Geräusch. Papa hatte ihm vor einiger Zeit erklärt, dass dieses Geräusch entstand, wenn jemand im Haus die Klospülung betätigte. Für Niklas klang es jedoch gerade so, als habe der Keller gerülpst, nachdem er zwei schmackhafte Jungen geschluckt hatte.

„Du wolltest mir noch erzählen, warum deine Konsole kaputtgegangen ist“, sagte Niklas, um sich von seiner Furcht abzulenken. Langsam gingen sie den Kellergang entlang.

„Das war total blöd“, antwortete Julian. „Ich habe ein Rennspiel gespielt und bin bei der schwierigsten Strecke erst auf der Ziellinie geschlagen worden. Um fünf hundertstel Sekunden! Dabei hätte ich unbedingt Erster werden müssen. Vor Wut habe ich den Kontroller von mir geworfen, und der ist gegen einen Becher Wasser geflogen, der neben der Konsole stand. Der blöde Becher kippt um und das Wasser fließt in das Gerät. Seitdem funktioniert das Teil nicht mehr. So ein Mist!“

„Ganz schön ärgerlich“, bestätigte ihm Niklas. „Was haben deine Eltern dazu gesagt?“

„Bist du verrückt! Ich habe ihnen das gar nicht erst auf die Nase gebunden. Ich muss halt sparen, bis ich mir eine neue Konsole kaufen kann. Mein Vater würde mir doch wochenlang Fernsehverbot geben, falls er das wüsste.“

Inzwischen hatten sie den Kellerverschlag erreicht, den Niklas und seine Eltern nutzten. Die Verschläge waren alle nur durch einen vom Boden bis zur Decke reichenden Drahtzaun voneinander getrennt, sodass man leicht hineinschauen konnte. Es gab nur einen einzigen Raum mit einer festen Wand und einer vernünftigen Tür, und der gehörte dem Hausmeister.

„Kannst du etwas erkennen?“, fragte Julian.

Niklas presste sein Gesicht gegen den Draht. Und tatsächlich! Hinten in der Ecke entdeckte er die bunte Tüte aus dem Spielzeugladen. Und daraus schaute ein Karton hervor. „Sie schenken mir tatsächlich die Konsole!“, rief er erfreut. „Da hinten liegt sie!“

Aber da war schon wieder ein Geräusch, das beide Jungen zusammenzucken ließ.

„Was war das?“, flüsterte Niklas entsetzt.

Julian zuckte mit den Schultern. „Keine Ahnung“, wisperte er. Sie sahen in die Richtung, aus der das Geräusch gekommen war. Weil der Gang vor ihnen jedoch um eine Ecke bog, konnten sie nichts erkennen. Da war wieder dieses Geräusch. Im gleichen Moment ging das Licht aus. Die Jungen schrien vor Schreck laut auf.

Wer hat das Licht ausgeschaltet?

Das Geräusch ertönte ein drittes Mal, und es kam eindeutig näher. Niklas und Julian waren vor Angst erstarrt. Sie dachten gar nicht an die Taschenlampe, die sie mitgenommen hatten.

Inzwischen näherten sich schlurfende Schritte. Ein mattes Licht tauchte auf und beleuchtete einen Totenschädel, über dem ein Gesicht hervorschaute.

„Huuuh“, sagte eine tiefe Stimme. „Ich werde euch ins Reich der Toten holen.“

Endlich löste sich Niklas aus seiner Starre. Er schrie auf, drehte sich um und lief davon. Julian folgte ihm. Doch ehe sie die Tür erreicht hatten, ging das Licht wieder an und jemand lachte schallend. Niklas blickte nach hinten.

Nur ein paar Meter von ihnen entfernt stand der sechzehnjährige Sohn des Hausmeisters, der sich prächtig amüsierte. Er trug ein T-Shirt mit einem weißen Totenschädel. In der linken Hand hielt er eine Taschenlampe in Höhe seines Bauchnabels. Die Lampe beleuchtete den Totenschädel von unten. Deswegen hatte er im Dunkeln geleuchtet. In der rechten Hand hielt der Junge einen Schraubenzieher, mit dem er an der Wand entlanggeschabt hatte.

„Ihr müsstet eure Gesichter sehen!“, lachte er die Jungen aus. „Herrlich. Habt ihr euch in die Hosen gemacht?“ Grinsend schüttelte er den Kopf. „Wer so doof ist und einen Wasserbecher über seine Spielkonsole kippt, ist bestimmt auch blöd genug, um an Gespenster zu glauben.“

„Hast du uns etwa die ganze Zeit belauscht?“, fragte Niklas empört.

Wie kommt Niklas darauf?

„Was kann ich dafür, wenn ihr so laut miteinander quatscht? Das hat nichts mit Belauschen zu tun“, verteidigte sich der Hausmeistersohn.

„Was machst du hier überhaupt?“, wollte Julian wissen.

„Und weswegen hast du einen Schraubenzieher in der Hand?“, ergänzte Niklas.

„Das geht euch nichts an. Wenn ihr jetzt nicht auf der Stelle verschwindet, erzähle ich deinem Vater von der Konsole“, meinte er an Julian gewandt. „Das will er bestimmt wissen.“

„Lass uns gehen“, murmelte Julian.

Niklas nickte. Er war froh, endlich aus dem Keller zu kommen.

Die beiden Jungen zogen sich in Niklas' Zimmer zurück. Eine Weile spielten sie mit der Autorennbahn, bis sie die Lust daran verloren.

„Du hast es gut“, sagte Julian, während sie

überlegten, was sie als Nächstes tun sollten. Er hatte sich an Niklas' Schreibtisch gesetzt.

„Wieso?", fragte Niklas.

„Du bekommst morgen die Videospielkonsole geschenkt und kannst jeden Tag damit zocken", erklärte Julian. „Ich habe nichts."

Niklas wusste nicht, was er darauf antworten sollte. Er wollte seinen Freund nicht beleidigen, doch eigentlich fand er es ziemlich blöd von ihm, aus Wut einen Kontroller wegzuschleudern und deswegen einen Becher Wasser umzuschütten.

„Du kannst immer zum Spielen raufkommen", sagte er, um ihn zu trösten.

„Das ist nicht das Gleiche", entgegnete Julian.

„Wie viel Geld fehlt dir denn noch, um eine neue Spielkonsole zu kaufen?“

„Einhundert Euro. Mindestens. Ich habe schon überlegt, ob ich mir das Geld heimlich aus dem Portemonnaie meines Vaters nehmen soll. Aber ich hab Angst, erwischt zu werden.“

„Das kannst du nicht machen!“, rief Niklas lauter als beabsichtigt.

Schnell legte Julian seinen rechten Zeigefinger auf den Mund. „Psst!“, zischte er.

„Du kannst nicht deinen Vater bestehlen“, redete ihm Niklas ins Gewissen.

Nachdenklich nickte Julian. „Ich habe noch eine andere Idee“, meinte er. „Wenn du dein Geschenk bekommen hast, könntest du es mir ja ab und zu heimlich leihen, damit meinen Eltern nicht auffällt, dass meine kaputt ist.“

„Auf keinen Fall!“, erwiderte Niklas. „Ich will selbst damit spielen. Du solltest deinen Eltern lieber die Wahrheit sagen. Sie werden dich nicht gleich umbringen.“

Unvermittelt sprang Julian vom Stuhl auf. „Da brauche ich einmal deine Hilfe“, sagte er wütend, „und du lässt mich einfach abblitzen! Du bist echt ein toller Freund! Darauf kann ich verzichten!“ Julian rannte aus dem Zimmer und warf die Tür zu.

Niklas war so überrumpelt, dass er sich nicht rühren konnte. Er wusste nicht, was er tun sollte. Wieso machte ihm Julian so einen schlimmen Vorwurf? Natürlich würde er ihm helfen. Doch Julian konnte nicht von ihm verlangen, ihm seine neue Konsole zu leihen. So streng waren Julians Eltern auch nicht. Bestimmt würden sie ihm nicht den Kopf abreißen. Er müsste ja nicht unbedingt zugeben, weswegen der Becher umgekippt war. Und vielleicht ließ sich das Gerät sogar reparieren. Immerhin hatte Julian etwas Geld gespart.

Plötzlich hörte Niklas in der Diele die Stimme seiner Mutter. „Gehst du schon?“, fragte sie.

„Äh ja, ich muss, äh, langsam nach unten“, stammelte Julian. „Tschüss, bis bald.“

Verwundert schüttelte Niklas den Kopf.

Weshalb ist Niklas verwundert?

Mama steckte den Kopf zur Tür hinein. „Alles in Ordnung?“, wollte sie wissen. „Julian stand gerade an der Wohnungstür und ist ganz rot geworden, als ich ihn entdeckt habe.“

„Wir haben uns gestritten“, erklärte Niklas. „Aber morgen vertragen wir uns bestimmt wieder“, fügte er schnell hinzu. Er wollte ihr nicht erklären, weshalb sie sich gestritten hatten.

Sie zuckte mit den Schultern. „Das kommt bei den besten Freunden vor“, tröstete sie ihn.

Niklas fragte sich, warum Julian noch so lange in der Diele gestanden hatte. Hatte er darauf gewartet, dass Niklas ihm hinterherlief?

Am nächsten Morgen war es endlich so weit. Niklas wurde um neun Uhr wach, zog sich rasch an und flitzte ins Wohnzimmer. Weil es Samstag war, waren Mama, Papa und seine Schwester da. Kaum hatte Niklas das Zimmer betreten, sangen sie ihm ein Geburtstagsständchen. Dann umarmten sie ihn nacheinander.

„Jetzt hat das Warten ein Ende“, sagte Mama. „Und du musst nicht mehr auf Stühle klettern, um an dein Geschenk heranzukommen.“

Niklas nickte grinsend. Er sah zum Tisch, auf dem ein einziges, sehr großes Paket lag. Es war in dunkelblaues Geschenkpapier mit bunten Luftballons eingewickelt. „Darf ich es aufmachen?“, fragte er.

Mama nickte. „Natürlich!“

Niklas stürzte zum Tisch und riss das Papier vom Paket. Darin fand er ein Buch, einen neuen Wagen für die Autorennbahn und die Videospielkonsole. „Danke!“, rief er begeistert.

Er nahm den Karton der Konsole und wunderte sich, wie leicht er war. Hastig öffnete er die Verpackung und erstarrte. Außer der Gebrauchsanleitung war nichts darin.

„Da ist nichts drin“, sagte er und sah seine Eltern an.

„Was soll das heißen?“, fragte Papa.

„Der Karton ist leer!“ Niklas war entsetzt.

Mama und Papa konnten sich das nicht erklären.

„Ich habe alles kontrolliert, ehe ich es in den Keller gebracht habe“, sagte Mama. „Sie muss da sein!“

Bei ihren Worten erinnerte sich Niklas an die seltsamen Ereignisse im Keller. „Ich weiß, wer sie gestohlen hat!“, sagte er wütend.

Wen verdächtigt Niklas?

Niklas erzählte seinen Eltern alles, was am Tag zuvor im Keller passiert war. Sie waren zwar leicht verärgert, weil er seine Neugierde nicht hatte zügeln können, machten ihm aber keine Vorwürfe. Gemeinsam gingen sie zur Erdgeschosswohnung, in der die Hausmeisterfamilie wohnte. Nur Caroline wartete oben. Nachdem der Hausmeister geöffnet hatte, erklärte Niklas' Vater, warum sie geklingelt hatten.

„Ich bin sicher, mein Sohn hat damit nichts zu tun", sagte der Hausmeister energisch. „Doch fragen wir ihn einfach selbst. Er ist im Keller."

Zu viert machten sie sich auf den Weg nach unten. Der Hausmeister rüttelte an der Tür, die jedoch verschlossen war. Genervt schüttelte er den Kopf. „Ich hab ihm schon so oft gesagt, er soll nicht die Tür abschließen, wenn er im Keller ist."

Bestimmt hält er sich nicht daran, um in Ruhe seinem Diebesgeschäft nachzugehen, dachte Niklas.

Der Hausmeister griff nach seinem Schlüsselbund und schloss die Tür auf. Sie betraten den Keller und Niklas ergriff Mamas Hand. Auch in ihrer Gegenwart fand er den Keller unheimlich, aber zumindest fühlte er sich etwas sicherer als gestern.

Zielstrebig liefen sie auf den Raum des Hausmeisters zu.

„Ich habe ihm erlaubt, sich hier sein eigenes Bastelzimmer einzurichten. Dann stört er wenigsten niemanden."

Und er kann sein Diebesgut verstecken, schoss es Niklas durch den Kopf. In seiner Fantasie malte er sich aus, was sich hinter der

Tür befand. Bestimmt eine Art Räuberhöhle, in der der Hausmeistersohn seine Beute sammelte.

Der Hausmeister klopfte und drückte im gleichen Moment die Tür auf. Sein Sohn sah ihn überrascht an.

„Was macht ihr denn hier?“, wollte er wissen.

Doch Niklas war noch viel verwunderter. Der ganze Raum war hell erleuchtet und wirkte freundlich. Eine riesige elektrische Eisenbahn stand in der Mitte. Offensichtlich war der Hausmeistersohn ein Modellbahnfan.

Sein Vater erklärte ihm, warum sie gekommen waren.

„Ich hab nichts damit zu tun!“, entgegnete sein Sohn aufgebracht. Entrüstet ging er zu dem Kellerraum, der von Niklas’ Eltern benutzt wurde. „Das Schloss ist ja noch nicht einmal aufgebrochen. Wie kommen Sie auf die Idee, dass hier eingebrochen wurde?“

„Daran habe ich gar nicht gedacht“, sagte Papa kleinlaut. „Heute Morgen habe ich aufgesperrt, um die Geschenke zu holen. Unser Keller war wie immer verschlossen.“

Niklas bemerkte, dass Mama nach ihrem Schlüsselbund griff. Plötzlich hielt sie inne. „Mein Kellerschlüssel ist verschwunden.“

In Niklas erwachte ein schrecklicher Verdacht. „Ich glaube, jetzt weiß ich, wer die Konsole gestohlen hat. Und ich weiß auch, wie der Dieb in unseren Keller gekommen ist.“

Wer ist der Dieb und wie ist er in den Keller gekommen?

Lösungen

Ein Wochenende im Schloss

Aus welchem Grund befinden sich die Kinder in dem Schloss?
Weil sie in einem Preisausschreiben gewonnen haben.

Weißt du, weshalb Max misstrauisch wird?
So wie Sofia das Missgeschick erklärt, wäre das Glas nach rechts gefallen. Es ist aber nach links umgekippt.

Was fehlt auf dem Tisch?
Der Lederkoffer mit dem Geld.

Wieso kann Rudolf als Mörder ausgeschlossen werden?
Er hat zu weit von Philip weggesessen, um ihm das Gift ins Glas zu schütten.

Was hat Mathilde gefunden?
Einen Lichtschalter.

Wie kommt Björn darauf?
Als sie das Zimmer betreten, ist die Schranktür einen Spaltbreit offen, kurz darauf jedoch verschlossen.

Wo hat Björn den Anzug an diesem Abend gesehen?
Philip hat den Anzug getragen.

Was spricht alles dafür, dass die Kinder recht haben?
Es gibt ein deutliches Anzeichen, dass der Butler und Philip ein und dieselbe Person sind: das zuckende Augenlid.

Außerdem spricht der Butler mit verstellter Stimme, hat eine merkwürdige Frisur, die auch eine Perücke sein könnte, und eine seltsame gelbe Hautfarbe. In Philips Zimmer befinden sich ein Schminktopf mit gelber Farbe und ein Plastikkopf zum Aufbewahren von Perücken.

Zudem sind der Butler und Philip nie gleichzeitig zu sehen gewesen. Wenn aber der Butler und Philip die gleiche Person sind, kann es gar keinen Mord gegeben haben, da der Butler noch lebt. Das alles war ein aufgeführtes Schauspiel als Teil des Hauptgewinns.

Weil die Kinder das Rätsel gelöst haben, gehört ihnen auch der Inhalt des Koffers: vierhundert Euro und eine Menge Zeitungsschnipsel.

Das Haus gegenüber

Welche Farbe hatte der Wagen?
Das Auto war dunkelblau.

Was hat eine gute Sicht auf den Sternenhimmel verhindert?
Die vielen brennenden Lampen im Haus von Herrn Schmidt und die Straßenlaternen. Je heller es in der Umgebung ist, desto schlechter kann man den Sternenhimmel beobachten.

Weißt du noch, wann Herr Schmidt nach seinen eigenen Angaben das letzte Mal aus dem Haus gekommen ist?
Am Tag bevor die Zwillinge von den Insassen des dunkelblauen Autos wegen des leer stehenden Hauses angesprochen wurden.

Was vermuten die Zwillinge?
Sie vermuten, dass die Bankräuber das leer stehende Haus als Versteck für die Beute nutzen.

Wie kommt Benjamin darauf?
Als er die Sternschnuppen beobachten wollte, haben im Haus von Herrn Schmidt ganz viele Lampen gebrannt. Deswegen glaubt Benjamin, dass Herr Schmidt zu Hause gewesen ist.

Wie will Anja das herausbekommen?
Sie zählt die unterschiedlichen Fußspuren im Gras.

Was spricht alles dagegen, dass Bankräuber das leer stehende Haus als Beuteversteck nutzen?
In den Löchern wurde keine Beute versteckt. Außerdem waren es drei Räuber, die die Bank überfallen haben, während die Zwillinge nur die Fußspur eines Erwachsenen entdeckt haben.

Weißt du auch, wer die Täter sind?
Das Paar in dem dunkelblauen Wagen vom Anfang der Geschichte. Ihr nicht anspringender Motor hat dafür gesorgt, dass die Polizei sie erwischen konnte, und sie bei Anja und Benjamin verraten. Sie wollten die Leitungsrohre als Schrott verkaufen. Herr Schmidt hatte aus Angst vor Einbrechern in seiner Abwesenheit die Lampen im Haus brennen lassen. Die Kaffeekanne und die zwei Tassen waren für die Polizisten gedacht, die auf die Schrottdiebe gelauert haben. Herr Schmidt hatte in der zweiten Nacht ebenfalls das Klopfen gehört und die Polizei noch vor den Kindern informiert.

Emma allein zu Haus

Was hat Emmas Mutter am Verhalten des Autowerkstattmitarbeiters gestört?
Sie fand ihn unfreundlich, weil er auf ihre wertvolle Armbanduhr gestarrt hat.

Wen erwartet Kai, als Emma und ihre Mutter zum ersten Mal klingeln?
Einen Schulfreund, der bei ihm übernachtet.

Was befürchtet Emma?
Emma befürchtet, Rico könnte den Schlüssel benutzen, um wegen der wertvollen Uhr ins Haus einzubrechen.

Warum kann es kein Auto sein?
Autos haben keine grünen Lichter.

Wie kommt Emma auf zwei Einbrecher?
Das Licht ist für einen kurzen Moment an verschiedenen Stellen gleichzeitig zu sehen. Deswegen ist sich Emma sicher, dass zwei Personen das Haus ausspionieren.

Warum hat Emma keine Angst mehr vor Gespenstern?
Da Emma Schritte gehört hat, weiß sie, dass keine Gespenster vor dem Haus gewesen sind.

Wem gehört die Stimme?
Emmas Oma. Deswegen war sie telefonisch nicht mehr zu erreichen, da sie sich auf den Weg zu ihrer Enkeltochter gemacht hat.

Weißt du es auch?
Kai und sein Freund haben sich einen bösen Scherz mit Emma erlaubt. Deswegen konnte Kai auch nicht ans Telefon gehen, als Emma bei ihm anrief. Nur deshalb hat Kai Emma überredet, nicht die Polizei anzurufen. Ins Haus gekommen sind die beiden Jungen mit dem Ersatzschlüssel, hatten dabei jedoch nicht an die Alarmanlage gedacht.

Der Geschenkedieb

Womit hat sich Niklas verraten?
Durch den an den Schrank gelehnten Stuhl und die danebenliegenden Hausschuhe.

Wie kommt Niklas darauf?
Seine Mutter war nur so kurz weg, dass die Zeit nicht ausgereicht hätte, um zu den Großeltern zu fahren.

Weißt du noch, weswegen Julians Videospielkonsole kaputt ist?
Ein Becher Wasser ist umgekippt und über die Konsole gelaufen.

Wer hat das Licht ausgeschaltet?
Niemand. Das Licht ist automatisch ausgegangen.

Wie kommt Niklas darauf?
Der Hausmeistersohn hat alles mitbekommen, was die beiden Jungen besprochen haben. Also muss er sie seit ihrer Ankunft im Keller belauscht haben und sich bereits vorher dort aufgehalten haben.

Weshalb ist Niklas verwundert?
Von der Kinderzimmertür bis zum Ausgang sind es nur ein paar Schritte. Trotzdem hat sich Julian noch eine Weile in der Diele aufgehalten.

Wen verdächtigt Niklas?
Den Hausmeistersohn.

Wer ist der Dieb und wie ist er in den Keller gekommen?
Julian ist der Dieb. Da er seinen Eltern nicht das Missgeschick mit dem Wasser beichten will, benötigt er eine Ersatzkonsole. Weil sich Niklas nicht bereit erklärt hat, ihm seine neue Konsole zu leihen, ist Julian so wütend, dass er sie stiehlt. Den Kellerschlüssel hat er sich vom Schlüsselbund von Niklas' Mutter besorgt, kurz nachdem er wütend aus Niklas' Zimmer gerannt ist. Deswegen hielt er sich länger als nötig in der Diele auf und deshalb stammelt er so verlegen, als Niklas' Mutter ihn in der Diele anspricht.

Noch mehr Krimi-Spaß!

Sabine Streufert
Tatort Ungelöst
Diebstahl im Museum
ISBN 3-978-3-8112-3233-4

Nur nichts übersehen oder verpassen! Eine große Ägypten-Ausstellung, ein Überfall und zwei Jungen, die sich nicht täuschen lassen – da ist Spannung garantiert. Aber nur wer den Text aufmerksam liest, kennt am Ende die ganze Geschichte.

- Vier spannende Rategeschichten
- Mit vielen lustigen Illustrationen
- Ab 8 Jahren

gondolino